10歳の空襲体験記
鼠島
THE RAT ISLAND

楠山雅彦
Kusuyama Masahiko

牧歌舎

戦災直後の和歌山市（写真提供：毎日新聞社）
Wakayama City After the Bombing
(Picture Courtesy of Mainichi Newspaper Company)

戦災前の湊南小学校校舎（和歌山市立博物館「和歌山大空襲の時代」より転載）
Sounan Elementary School house Before the Bombing (From The Time of Wakayama's Bombing ; Picture Courtesy of Wakayama City Museum)

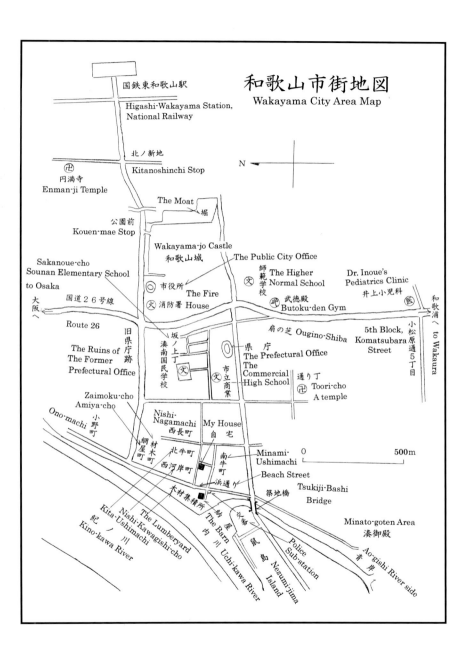

●拡大図

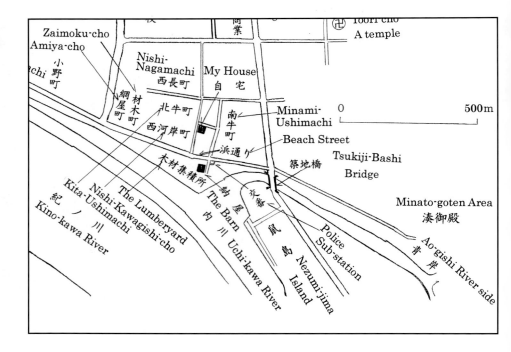

（前頁の地図は、市販の地図をベースに、当時の記憶に従って手書きした。
但し、紙面の都合で国鉄東和歌山駅と公園前の間の距離は短縮している）
I reconstructed this map by hand from memory.
Note:The distance between Higashi-Wakayama Station,National Railway
and Kouen-mae Stop is not drawn to scale.

まえがき

戦災前の湊南小学校の写真を見ていて、強烈な記憶として思い出したことがひとつある。

4年生の担任だった川崎先生のことである。先生は軍隊帰りのがっしりした体格の持ち主で、担任と学校全体の軍事教練を兼任していた。

先生のしつけ教育の仕方は「全体責任」と「御霊鎮め」だった。例えば、誰かひとりまたは数人のグループで騒いでいたりすると、それは組全体の責任になり、直ちに全員の机と椅子を教室の後方へ片付けさせられ、全員教室の床に正座、瞑目して座禅をさせられる訳である。しかし授業中の空いた時間には、「ピーターさんの話」という続き物の童話を話してくれて、生徒には人気があった。

ある時、講堂の音楽の時間に数人の生徒が騒いで、音楽の先生に言いつけられ、講堂の床どころか廊下のコンクリートの上に座らされた。廊下の横に紫陽花が咲いていて、炊事室から給食用の味噌汁の匂いが漂って来て、昼前の空腹感を掻き立てられたことを覚えている。

戦況が厳しくなり、校区内に戦死者がでると、私達上級生は授業を休んで、道路の両脇に並び、英霊（英雄の御霊）の出迎えに駆り出された。骨壷の中には、遺骨などは入っていず、髪の毛や爪しか入っていないというのが専らの噂だった。

最敬礼をしている私達の前を、遺骨を抱えた人が通り過ぎ

5

た時、つい先程までしていたその噂を思い出して、私も耐え切れずに数人の仲間と、くすくすと笑い出してしまった。

　学校へ戻ってからが大変、笑った者は教室の前方に並ばされ、奥歯を噛みしめ両足を踏みしめ、川崎先生のビンタを受けた。その後は勿論、組全体の「御霊鎮め」があった。

　体操の時間には運動場で、金属製で直径が上級生の身長に合わせたくらいの輪転器具の中に入って、幼年飛行兵の宙返り練習をさせられた。やがて警戒警報の連発でこの練習どころではなくなり、運動場は全部、職員生徒の手で耕され、野菜畑に変貌した。

　これが１９４５年（昭和２０年）春３月頃の学校風景だった。

10歳の空襲体験記

鼠　島　The　Rat　Island　／目　次

＜和文編＞

まえがき　　　　　　　　　　　　　　　　　　5

　第一章　ま　さ　か　　　　　　　　　　　9

　第二章　光る砂の波　　　　　　　　　　17

　第三章　灰燼と雨と　　　　　　　　　　25

　第四章　住居転々　　　　　　　　　　　33

　第五章　戦中のお遣い　　　　　　　　　41

　第六章　台風一過　　　　　　　　　　　49

　第七章　鼠　島　　　　　　　　　　　　57

　第八章　真新しい土　　　　　　　　　　65

あとがき　　　　　　　　　　　　　　　　73

A Ten Year Old's Experiences During the Bombing of World War Ⅱ
鼠　島　The　Rat　Island　／目　次

＜英文編＞

Introduction   76

    chapter1　Caught Off Guard   79

    chapter2　The Waves of Shining Sand   90

    chapter3　Ashes and Rain   100

    chapter4　Relocation after Relocation   110

    chapter5　An Errand in Wartime   120

    chapter6　The Day After the Typhoon   130

    chapter7　Rat Island(Nezumi Jima Island)   139

    chapter8 The New Soil   149

After word   159

第一章　まさか

もはや畔道以外は、走り回ることさえ許されなくなった校庭一面の甘藷畑の一角で、５，６人の生徒達が放課後の水遣りをしていた。

「おーい、楠っ。もう、そろそろ終わろや」

　５年１組１番の文句たれの栃野が声を上げた。

「うん。終わろう、終わろう」

　剽軽者の津村がすぐに賛成した。それをきっかけに、他の生徒達も一斉に校舎のほうに引き上げ出した。

　教室に入ると、生徒達は、手荒な音を立ててバケツを後ろの道具箱に放り込んだ。

「この前のちしゃの取り入れの時な、担任に言われて職員室にバケツに５、６杯持って行ったら、ちゃんと音楽の先生と自分の分だけ先取りしてたぜ」

　栃野が早口でまくし立てた。

「あの２人いい仲じゃないの」

　津村がませた笑いを浮かべた。

「だから、楠山みたいに何もそう精勤にすることないよ」

「だって僕、当番長だもの」

　私は少し顔を赤らめて言った。

「さあ、帰ろう、帰ろう。おとといも隣の海南がやられたし、いつまた空襲あるかも分からん」

　津村がせき立てたので、みんな教科書を入れた布鞄と防空頭巾を持って、足早に教室を出た。

　私はその日(１９４５年７月９日)、こうして湊南小学校(当時は国民学校と呼んでいた)の校門を出、級友達と別れて一人

で家に向かった。

　学校のある坂の上丁から下るなだらかな坂道の左手は市立商業学校で、塀との間に幅７０センチほどの深い溝があった。ここは、この冬、登校の途中、近所の元ちゃんと坂上の家の前にある丸い防火用水槽から１センチぐらいの厚さの氷を、先の尖った小石で丸く切り取って、自転車のタイヤのように坂道を転がして遊んだものだ。

　西長町の魚屋の角から北牛町に入り、紺屋の宮尾さんの前を通り過ぎた。ここの小父さんは、父の小学校からの友達で、当時は藍甕も、さつまいもの格好の貯蔵所となり、町内の食糧配給の日に何度か母の代わりに行列に並んだことがあった。

　家の斜め前は、千崎さんという按摩さんの家で、おばあちゃんがもう年で寝込んでいた。

　家の真向かいの堀本さん宅は、母子３人ぐらしで、よく遊んでくれたお兄ちゃんが、和歌山中学を卒業する前に、自分から志願して予科練に入ってしまっていた。

　私の家は、北向きの間口・奥行ともに五間ほどの借家で西河岸町の東の端にあり、北牛町の西の端との間に南牛町に抜ける狭い路地があった。

「ただいま 」

　私は、家の中央の格子戸を勢いよく開けた。

　その頃の私の家族は、両親と姉の４人家族で、父は市内河口の青岸で自営していた製材業をやめて、国策会社の「和歌山地方木材」に姉の栄子と一緒に勤めていた。町内浜通りの向う側には、この会社の木材集積所があって、空襲の時には、町内全

員がそこに作った共同待避壕に待避することになっていた。

「さあ、早う手を洗って上がって来い」

　父に急かされて、奥の6畳にある勉強机の上に布鞄と防空頭巾を置き、台所から井戸端に降りて、足と手と顔を洗った。

　台所から3畳間に上がって食卓につくと、このところ毎日の馬鈴薯と若布入りの雑炊が出ていた。

「栄子、先ほどの件もう一度お前から島田君に頼んでくれないか」

　父が姉に向かって言い難そうに言った。

「困るわ私。だって島田さんと私、同じ課でよくお話したりするけれど、会社へ入ってまだ日が浅いし、いくらなんでもそんな厚かましいことよう言いませんわ」

　どうも長持一杯の布団の疎開のことらしかった。

「小野町の義姉さんの実家へもう1度頼んでみましょうか」

　母が口を挟んだ。小野町には母の実家があり、祖母は生きていたが、当時はもう長兄の代になり、長兄の嫁の里が有田郡で、この冬当分着ない亡くなった祖父の服や女の和服や夏物を中心に、行李1杯の衣服を預かってもらったことがあった。私も霜降りの夏服を一緒に出したことがあって、それで覚えていた。

「そりゃやっぱり止めとこう」

　父は母の実家のほうの世話になることに何か抵抗があるようで、不機嫌そうな顔で、隣の4畳半にラジオのスイッチを入れに行った。

丁度7時の報道が始まったところだった。

「今日午前11時頃、P51を主力とする敵戦闘機約40機は、

紀伊半島東南より……」

　その当時、ここ和歌山市は大阪方面への敵機侵入の通り路で、ほとんど毎晩のように警報のサイレンで叩き起こされ、誰もが熟睡出来ていなかった。昼間の敵の偵察飛行を壕に入らず戸口から怖いとも思わず見上げられたのは、睡眠不足から来る不感症になっていたせいかもしれなかった。

　事実前々日、隣接の海南市の空襲で、夜空に真っ赤に燃え上がる丸善石油の情景を、町内の人も共同待避壕から目のあたりに見て、これは大変と、壕の完成や着る物の疎開に取り組み出したというのが実態のようだった。

　私は夕食の後、いつものように勉強机のところに行き、布鞄から中の教科書や帳面を取り出して空にし、翌日の時間割に合わせた分だけそろえて、きちんと机の上に置いた。

「おい、古い布団、押入れから出しといてくれ。万が一今夜空襲が来たら、井戸にでも放り込むから」

　父が母に何やらぶつぶつ言っていた。

　報道番組が終わったころに、玄関脇の６畳の間から姉の声がした。

「お父ちゃん、蚊帳吊ったよ。空襲の来ない間に早う寝ときましょう。雅ちゃん、玄関の大戸締めて来て」

　私は、いつものように格子戸の内側に、蝶番いを軋ませて大戸を締め、ことんと潜り戸の桟を下ろした。

　３畳の間に上がると、母が台所の竈にかけた２つの釜に、いつものように翌朝の朝粥用の水を張っているのが見えた。

　母と姉はそれから日課である家族の布鞄に、米や夏のカッタ

13

ーシャツや靴下や足袋や、着替えのもんぺを詰め込み出した。詰め終わると、防空頭巾と一緒に、家族それぞれの枕元に置いた。

　こうして家族揃って蚊帳に入ったのは、おそらく8時ごろだった。

　一寝入りしたころであろうか、夢うつつの中でかすかなサイレンの音を聞いたような気がした。無意識に枕元の防空頭巾をまさぐり、頭巾のさらさらした感触で目が覚めた。

「私、もんぺ3枚穿（は）こうかしら。焼夷弾の破片怖いから」

「さあ、どうぞお好きなように」

　女2人はすでに服装の相談をしていた。父は国民服に防空頭巾を持ち、箪笥の上のラジオのスィッチを入れると、いつものように、警戒警報と中部軍情報を報じていた。

　私は、1人で濃い灰色の半袖シャツと紺の半ズボンを履き、3畳の上り框（かまち）に腰を掛けて茶色のゲートルを巻いた。父は地下足袋に濃い緑色のゲートルを巻き、私の横をすり抜けて、大戸の潜り戸を開けて外へ出て行った。

「千崎さん、千崎さん、警戒警報ですよ」

　父は、いつものように、斜向かいのガラス戸をどんどん叩いて起こしていた。母は古い濃紺の敷布団を出して、私がいつも被（かぶ）る薄茶色の毛布のそばに置いた。

　母と姉は2人で、奥のほうの6畳でまた何かごそごそ荷物を詰めている様子だった。

「さあ、用意出来た。お父ちゃん呼んで来て」

　母が3畳間の灯火管制の深い笠をつけた電灯の下に、布鞄と

茶色のトランクを置いた。

　私が大戸をくぐり抜けて、外に出ると、父が千崎さんの戸口で大声で話していた。

「そんなこと言ったって、1人で寝ているって言う老人をこのまま放って、1人だけ浜へは行けませんよ」

「しかし、もう、まあ、あの年になったら端からわいわい言ったって、聞くもんじゃあないでしょう。なあに和歌山みたいな田舎町、まだまだ大丈夫ですよ。内の者達と一緒に夕涼みにでも行くつもりで行って来たらどうですか」

「じゃあ、防空頭巾だけでも取って来ます」

　太って暑がりの千崎のおばさんは、団扇を振り振り家の中へ入って行った。

　父を玄関のところまで連れ帰ると、

「あの、3畳の上り框に、トランクを出しときましたから。この布団の敷布とお父ちゃんの下着が入ってます。それとお父ちゃんの布鞄にお米1升入れときましたからね」

「ああ」

　母は口早に伝言し、父は小さく頷いた。

　団扇を振り振り千崎のおばさんが来たので、私達は布鞄を肩にかけ、防空頭巾と用意した敷布団と毛布を持って浜の壕に向かった。

「内の主人も田舎へ職探しに行ったはいいんだけれど、昨日から帰って来ないんですよ。おばあちゃんもいよいよ燃えて来たら1人で壕に入るって言うんで、やっと出て来たの」

「こんばんは。お先に」

15

声を掛けて、追い抜いて行ったのは、堀本のおばさんとお姉ちゃんだった。２人とも両手に１杯風呂敷包みを持ち、おばさんは風呂敷に包んだ長い物を背中に背負っていた。
「お兄ちゃんの日本刀じゃない？」
「特攻で飛行機で体当たりして行く時、身に着けておかないといけないらしい」
　母と千崎のおばさんが話していた。
　堀本のおばさん達は、浜通りを左に折れ、どこかよその壕へ急いで行った。
　私達はそのまま町内浜通りの家並みを突っ切り、砂浜の木材集積所の金網の柵を目指して急いだ。

第二章　光る砂の波

金網の柵の外には一面の南瓜畑があり、十数個の未熟な濃緑色の実が生っていた。

　金網の破れを潜って直ぐのところに４つの壕があり、いずれもほぼ満員に近かった。共同待避壕といっても、砂地にただ単に数十人ずつの人が入れる細長い穴を掘っているだけのことで、上からは何の覆いも無かった。

「心配だわ」

　千崎のおばさんは、１番手前の壕の入口の近くに腰を下ろしながら、まだ言っていた。

「大丈夫ですよ。今日もまた２時間ぐらいで警報解除になりますよ」

　母はしきりに宥めていた。それから、母達は家の縁の下に梅干の壺を埋めて来たとか、非常用食糧の持出し方とか、最近大阪で焼け出されて逃げて来た人達は、警報の都度大きな重い家財道具まで背負って逃げて来ているとか、声高に話し合っていた。

　それからかなり時間が経って、私もついうとうとしていて、何度目かに母に肘で小突かれた時、ふと爆音を聞いたような気がした。

「敵機らしいわ」

　壕の中がざわざわしだした。

「伏せっ、伏せっ」

　警防団の川田さんが叫んだ。元ちゃんのお父さんである。私は母に右肩を抱かれて、両手で目と耳を押えてその場に伏せをした。余り慌てて伏せたので、顔ごと砂に突っ込んで息が出来

なくなり、思わず両手を離すと、爆音が急に低くなって来て、頭上でぱっと何かが炸裂した。吃驚して振り仰ぐと、北東の中空に大きな白い火の塊が浮かび、しきりにまわりに火花を撒き散らしていて、あたりは真昼間のように明るかった。

「ありゃ何だい」

「もうこの辺まる見えじゃないか」

　壕の中のほとんどの人達は、身体を起して、何が何だか分からないまま白い火の玉を見上げていた。その時、またもや爆音が低くなって来たかと思うと、シュルシュルという、空気中を何かが落下してくる摩擦音が聞えて来た。それはまるで壕の真上に落ちて来るような音だった。母が姉と私の上に覆い被さるように伏せをして来た。何事もなくて敵機の爆音が遠のいて行った。

「東の方が赤いじゃないか」

「今のはどこかに落ちたね」

　そう言っている内につぎつぎと、爆音と摩擦音が続いて来た。

「両手で目と耳押えて、おじいちゃんに助けてってお願いしいっ」

　私は母に言われて４年前に亡くなった祖父に祈りながら、目と耳を押さえたが、そうすることでかえって、今にも頭の上に焼夷弾が落ちて来そうな気がして、手を離した。

「東の方が燃えてるぞ」

　町内浜通りの屋根の向こうに大きな火の手の上がるのが見えた。

「とうとう空襲よ。どうしよう」

19

「ここに居るより仕方がないじゃない」
「お父ちゃんは」
「ここで待ってましょう」
　母がきっぱりと言った。
「おばあさんが焼け死ぬよう」
　千崎のおばさんが壕の入口で、団扇を取り落したのも知らず、半泣きになってよろよろと、家財を運び出して来る人波をかき分け、町内の方に戻って行った。
　火はとうとう浜通りの家々にも燃え移って来た。炎が軒先を這い、天井が抜け落ち、障子紙がめらめらと燃え上がり、屋根の端から一斉に火を吹き出した。
「熱い、熱い」
　壕のあちこちから逃げ出す人が出て来た。
「出ましょう。ここに居れば焼け死ぬわ」
　姉が母と私を急き立てて立ち上がり、東を見た途端、
「熱い」と叫んで両手で両目を押えて、その場にしゃがみ込んでしまった。
「出たらかえって危ないんじゃないの」
　母が姉の両手の上に自分の手を重ねて心配そうに覗き込んだ。
「浜を向いて一気に走ろう。もうこうなったらどこにいても同じよ。運まかせよ。急いで」
　それから私は、駆け出す拍子に足元の団扇を拾い、母と姉に両手を引っ張られて、火事の光に白く照らされた砂の光る波の上を宙を飛ぶようにして、水辺に向かって駆けた。母と姉の持った布団と毛布が後に翻り、時には反対に火の中に飛び込んで

行くような錯覚さえ覚えた。

　私達3人はやっとのことで小高くなった砂丘の向こうの水辺に駆け下り、火気が緩んだところで立ち止まった。母は手拭いを川の水で濡らして、姉の目を冷やしてやった。

「しばらくここで座ってましょう」

　私達3人は砂丘の蔭に、母と姉が持ち出した黒い布団と毛布を膝に掛けてうずくまった。初めの内はひんやりした空気が心地良かったものの、しばらくすると歯の根ががちがち言い出し、寒くて堪らなくなってきた。

「少し暖まってくる」

　私は母の制止の手を振り切って、丘の上に駆け上がった。

　浜通りの家々は、家の形も少しずつ崩れて、壁土が剥がれ落ち、壁の中の編んだ竹が弾けて盛んに燃えていた。火気が強くて長くは見ていられず、背中を火に向けた。しばらくすると、今度は背中と尻が熱くて堪らなくなり、慌てて丘の下に駆け下りると今度は前にも増した寒気が襲って来た。いつの間にか母も姉も大勢の人達も、丘の上の炎熱地獄と水際の寒冷地獄の間を、後ろ向きのこま鼠のように、駆け上り駆け下りしていた。

　どれほどの時間が経ったか、相変わらず轟々という爆音は続いていたが、シュルシュルという摩擦音は少なくなっていた。

「橋の上を見てみろ」

　右手の鼠島に架かる築地橋の上には、市内から逃れて来た人達が、回り灯篭のように右に左に逃げ回っているのが見えた。

　どかんと東南の方で何かが爆発する音がして、大量の黒煙がもうもうと立ち昇り出した。

21

「日本油脂がやられたぞ」

　また1つ爆発音がして、真っ黒な煙が一際大きくなり、その中を焔の塊と真っ赤な箸のようなものが上空に吸い上げられて行った。

「何だろう、ありゃ」

「材木じゃないか」

「すごいな」

　みんな自分の危険も忘れて、口々に言った。

「堀本のおばちゃんじゃないの」

　隣にいた姉が、火の中から逃れてくる人の中を指さした。おばちゃん達二人は防空頭巾を肩の後ろにずり下げ、髪をふり乱し、日本刀の包みを両手に抱えて、つんのめりそうに歩いていた。二人ともあれほど手に持っていた風呂敷包みは影も形も無くなっていた。

「お父ちゃん、大丈夫かしら」

　姉が眩しそうに目を開けて言った。

「さあ」

　母が不安そうな目で人込みの中を見た。

　小1時間ほど3人で探し続けた頃であろうか、遠くの方に防空頭巾と布鞄姿の父が見えた。黒く煤けた顔にきょろきょろした目で、何やら大声で叫んでいた。

「お父ちゃん、ここよ」と母が大声で両手を振った。

「みんな無事か」

　父も走り出し、私達3人も駆け出してお互いに抱き合った。

「栄子が少し目をやられたみたい」

「大丈夫よ。すぐ治るから。それより家はどうなったの？」

「丸焼けだよ。直撃受けて。命からがら逃げて来た」

「やっぱり」

「兎に角、縁側と井戸端に布団を積み上げて、いざとなったら井戸に放り込もうと思って、縁に腰掛けて待機してたんだ。ところが急にあたりが明るくなって、頭の上にシュルシュルという音が聞えて来て、こりゃ危ないと、とっさに縁から這い上ったら、尻が火傷でもしたかと思う程熱くて、思わず後を振り返ったら縁先はもう火の海、そのまま３畳に回って、台所見たらここも直撃で火の海、玄関から飛び出し周囲を見回したら、路地から南だけがまだ火が回ってない。路地を走り抜けて南牛町に出たら西は火が回ってる。仕方なく東へ逃げて、途中で防火用水に飛び込んで身体を濡らし、火の中を南へ南へ走り抜け県庁前の広道に出て、そこから西に逃げて、築地橋の袂から水辺沿いにここまで逃げて来たんだ」

　父はここまで一息に喋った。ふと見ると父の地下足袋とゲートルは泥だらけだった。

「……今日からもう帰る家ないのね」

　姉が父の胸を両手でどんどん叩いていた。

「玄関脇のトランクは？」

　母が聞いた。

「そんなもの持って出る余裕なんて無いよ」

「そうよ。命あっての物種よ、こんな時」

　姉が赤い目を押えながら言っていた。

　私は、ふと少し離れた砂の丘の上に、級友の津村らしいのが

立ってじっとこちらを見つめているのに気付いた。

「僕、ちょっと友達のところへ行ってくる」

　私は母に断りを言って駆け出した。

「どうだった？」

「丸焼けよ。火の中を水を被って逃げて来た。学校の友達みん
な死んでしまったとばかり思ってた」

　津村は怖そうに唇を震わせて言った。

「僕も。教科書持って出た？」

　私は、先程から１番気になっていたことを聞いてみた。

「みんな焼いたよ」

　それを聞いて、私は内心ほっとした。やがて学校に出て、教
科書を焼いた者と言われた時、最低２人はいる。

　その時、後ろで名前を呼ぶ母の声がした。

「じゃあまた」

　駆け戻って来ると、市内の家々はすっかり焼け落ちてしまい、
火は大分下火になっていた。共同待避壕のあたりでは、数十人
の男達が集積所の板をてんでに運び出して、壕の上に被せてい
た。

「夜露が下りだすと身体に悪い。壕に入ろう」

　父が敷布団を持ち、母が毛布を持って歩き出した。空襲は完
全に終わっていた。

24

第三章　灰燼と雨と

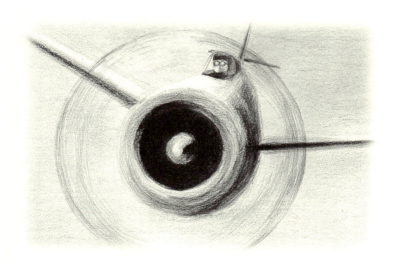

あたりは、少しずつ明るくなって来ているようだった。さし渡した板がしなって頭がつきそうな壕で、みんな背中を丸めて座っていた。初夏とは言え、地面に直かに座り込んでいるので、下腹から強烈な冷え込みがあり、時々腹がぐるぐる鳴った。その上、煙に喉をやられた人の咳払いがあちこちでしていた。

　父が頭につく板に耐えられなくなって、壕を出たので、私もついて出た。その途端、まるで人糞を焼き焦がしたような異様な煙と臭気が襲って来て、私はハンカチで目と鼻を押さえた。ようやく涙が止まって薄目を開けると、あたりは薄靄がかかったような情景で、その中を、手を触れればすぐにも消えてしまいそうなふわふわとした灰が、一面に降り注いでいた。

　ところどころには、白壁が黒く焦げた蔵や、直撃弾に一角をそぎ落された煉瓦塀や、電線に引っ張られて宙吊りになったまま、まだ燃え続けている電柱が残っていたが、大方は焼け落ちた瓦と壁土だけの堆積になってしまい、薄靄の中をどす黒い血の色のような太陽が昇り始めた。

「隆さん」

　背後で父の名前 (幸隆) を呼ぶ者があって、振り向くと宮尾のおじさんが立っていた。おばさんとお兄ちゃんも一緒だった。

「おう無事か」

　父とおじさんはお互い両手を握り合った。それから2人はお互いの逃げて来た道筋や、途中の火の回りの早さや、手に持った荷物を投げ捨てて来たことなどを話し合っていた。

　壕の入口で人の出入りが激しくなり、母や姉も出て来て、煙も少し薄れ太陽の色が柿色に変って来た。

「お城が無くなってるじゃあないか」
「消防の火の見櫓が残ってる」
　焼け跡を見ていた大人達が口々に言った。
「こうして見ると、浜通りで焼け残っているのは、南の方で近林さんの納屋、その向こうの交番と隣の２階建てか。よく残ったな」
　父がしわがれ声で言った。
「北の集積所の事務所の東側、炭屋のところが今をせんどと燃えている」
　宮尾のおじさんが言った。
「手前の中熊製材の焼け跡に、みんな入って行って、半焦げの大根を掘り出しているよ」
　宮尾のお兄ちゃんが言った。
「行ってみようか」
　父が宮尾親子を誘って歩いて行った。
「浅ましい」
　姉が眉をしかめた。
「奥さん。交番の向こうのお家でご飯炊かせてくれるそうで、今日の分だけお米、お借り出来ませんか。焼け跡に２斗埋めてますので、明日掘り出したらきっと返しますから」
　宮尾のおばさんが言った。
　母はちょっと困った顔をしてから、私に父を呼び戻すように言った。私も少し躊躇してから父の後を追った。
　周囲が焼け落ちた中熊の庭には、直径１間半程の大樽が７つ８つ埋め込まれていて、その中で大勢の人が、焼け焦げた木を

27

はねのけながら、半焼けの大根の漬物を掘り出していた。異様な臭気の原因はこれだった。
「宮尾さんがお米分けてくれって」
　連れ帰った父に、母が小声で相談していた。
「いいじゃないか」
「でも持ち出したお米、２升しかないのよ」
「一緒に炊いてみんなで食おう」
　父が結論を出して元のところに戻り、女の人達は炊き出しに向かい、私は壕の中で家族の荷物番をした。
　いつの間にうとうとしたのか、耳元の話声で目が覚めた。母に言われて川べりで手を洗って帰ると、バケツの中に握り飯と漬物の刻んだのが入っていた。
「さあ５人組で始めようか。乞食でも箸と茶碗ぐらい持っているけどな」
　宮尾のおじさんが、照れ笑いしながら右手を広げて見せた。私達は壕の中で手掴みで食事した。
　隣の壕が騒がしくなって、どこかのおじさんが焼けたトタンの担架に乗せられて運び込まれて来た。
「南の方の壕の入口で、立ったまま焼け死んだそうよ。中の家族は誰１人気がつかなかったんだって」
　ひそひそ声の話し声が聞こえて、ちらっと見えた顔は赤紫色に腫れ上がり、腕も黒焦げなのに、掌だけは奇妙に真っ白だった。私は一瞬吐き気を覚え、膝頭の震えが止らなかった。
　昼過ぎに町内会から連絡があり、焼け残った師範学校の講堂で乾パンの配給があるというので、父と姉が宮尾父子と一緒に

出かけて行った。

　後ろ姿を見送っていると、髪の毛がささくれ立ち空ろな目で焼跡を見ている千崎のおばさんの後を、父だけが大きく迂回して歩いて行くのが見えた。

　母と宮尾のおばさんが、暑くなった日差しを避けると言って、板のしなった壕へ入って行った。私は頭のつかえるところを嫌って、角材の堆積の蔭で相撲取り草(オヒシバ)を見つけて、二本の草の葉を蝶結びにし両手で引っ張って、一人で相撲取り遊びをした。

　どれくらい時間が経ってからか、何の予告もなく急に爆音がして、超低空飛行のグラマン戦闘機が目の前に現れ、操縦席の飛行眼鏡の敵兵の顔が、なんだか嘲笑っているようにはっきりと見えた。私はまるで金縛りに遭ったように全く身動きが出来なくなってしまった。

　やがてグラマンは何事もなく、北の方へ機首を上げて飛び去った。

「早く早く。いまの内に」

　壕の入口で母がしきりに手招きしていた。私も無我夢中で壕の中に飛び込んだ。

「暑くてもこの中に居れば、もう」

　母は拳を固めて、私の頭を何度も小突いた。

「偵察だけだったみたいで、良かったね」

　宮尾のおばさんが言った。

　4時半頃、配給受け取り組が帰って来た。

「配給は1人半袋。栄子と2人、4人って言って4袋貰って来

29

た。喜平さんみたいに厚かましい奴は何回も並んで貰ってた」
「途中大変だったでしょう」
　母が労った。
「それより並んでる行列のほうが大変よ。押し合いへし合い、
押し潰されてもう死ぬかと思った」
　姉が疲れきった顔で言った。
「途中で黒焦げの死体いくつも見たよ。みな素っ裸。防火用水
にもう１メートルというのもあった」
　宮尾のおじさんが言った。姉が袋を１つ開けてくれたので、
ようやく乾パンを２つ３つ頬張ることが出来た。もう何年も前
に食べたビスケットと同じように、甘くて美味しかった。
　それから、今晩泊まるところの相談になり、父の発案で角材
の堆積を、曲尺形に３分の２ぐらい横にずらせて、その上に壕
の上の板を斜めに乗せると、細長い３角形の空間を作れるので、
男４人が協力してその作業をした。
「日の高い内に、食事をしとこうか」
　父の言葉に皆が頷くと、父はすたすたと金網の向こうまで歩
いて行き、しばらくすると、片脇に枕のような濃緑の南瓜を抱
えて戻って来た。
「ちょっと、ちょっと。これよそのでしょ」
　母が手で遮るまねをした。
「今は普通の時と違うんだ。問題になれば後から金を払えばい
い」
「その時は内も半分負担しますから」
　宮尾のおばさんの取り成しで話は一応納まり、女３人は炊き

出しに行った。

　乾パンと南瓜だけの夕食が始まった。未熟な南瓜は、実が溶けて固い皮だけが口の中でがりがり言い、盗み食いを咎めているようだった。

　食事が終わった頃から、ぽつりぽつりと雨が降り出した。海の方から湿っぽい風が吹き付け、十数メートル先の人影がぼやけて見えた。

「さあ、屋根のあるところへ上がって」

　濡れてはいけない靴と団扇と布鞄に防空頭巾を被せ、それを持って角材の上に上がった。曲尺形の空間に斜めに差し渡した板が頭と足先に触れ、横になることは到底無理だった。

「小野町のおばあちゃんとこ、どうしてるかしら」

「さあ」

　母が聞き、姉が答え、父は黙りこくっていた。

　雨は次第に激しくなり、板の隙間から雨水が容赦なく漏り出した。

「昔から大火事の後は大雨って、全くその通りになってきたな」

　宮尾のおじさんがおっとりした声で言った。

「私なんだか寒気がしてきた」

　姉が震え声で言った。

「よし。あの集積所の事務所で一晩泊まれないか、一緒に交渉に行ってくれないか」

　宮尾のおじさんと父が出かけて行って交渉が成立し、父だけが雨の中をずぶ濡れになって迎えに来た。

「布団や毛布はなるべく小さく折って、濡らさないように、さ

31

あ向こうまで走って」
　母の合図で、私達は激しい雨の中を事務所めがけて一心に駆けた。事務所に着くと、宿直のおじさんが待っていた。
「宿直室は、私と前の炭屋さんの家族が使いますので、寝る時は事務所の机の上か床を使ってください。書類は軍の機密ですから、絶対に触らないように」
　私達は、５つの事務机の上に、両家に別れて濡れた荷物を置いた。姉が２つ３つ大きなくしゃみをした。
「さあ早く着替えて、風邪ひくから」
　母にせき立てられて、着替えをしているところへ、宮尾のおじさんが帰って来た。
「前の炭屋の火で、濡れた服を乾かしたらいいよ。炭の方が勢い強くて、雨が負けてる」
　私も大人達に交じって、事務所の軒先に立って、砂と雨で汚れたゲートルを乾かした。大量の炭火の上で、雨がかき消え、水蒸気となって吹き上がっていた。

第四章　住居転々

事務机の端から垂れ下がった足が、妙にだるくて、それで目
が覚めた。外はすっかり明るくなり、事務室の中には誰も居な
かった。

　私は机の上から床に降り立ち、服を着た。ズボンはパリパリ
に乾き、ズック靴は砂まじりの水気を含みじっとりと湿ってい
た。部屋を出ると宿直室の畳の上に１０組ほどの真新しい茶碗
や割箸、貝殻の杓文字が置いてあった。

　事務所を出たところの炭火の山も、さすが夜通しの雨ですっ
かり黒くはなっていたけれど、底には残り火があるのか、しゅ
うしゅうと白い湯気を吹き出し、まだ熱気があった。その前で
姉と宮尾のおばさんが、先の曲がった針金で炭を掘り出して、
潰れかけたバケツの水を手で掛けては奇妙な形の金属製の炭入
れに入れていた。その容器というのは、直径３０センチぐらい
の薄い灰青色のチビた鉛筆のような格好をしていた。

「お早う。焼夷弾の抜け殻よ、これ」

　姉が教えてくれた。

　事務所の向こうの角から、もうもうと黒い煙が立ちこめてい
た。行ってみると、焼けた１斗缶の上と横をくり貫いた廃物利
用の竈の上には、焼けたトタンの切れ端を斜めに載せた珍妙な
釜が乗り、焚き口には長さ１間ばかりの焼け棒杭を３本ばかり
放り込んで、母がしきりに昨夜私が拾った団扇で扇いで、朝の
炊事をしていた。

「これ見て。おとといお釜に、水を上まで一杯張っておかなか
ったので、直撃弾に斜めに削ぎ落されたのよ」

　母が手拭いの端で、トタンの蓋を持ち上げて欠け釜を見せて

くれた。鋳物の釜が溶けるなんて物凄い火力で、そんなところから怪我1つせず帰って来た父は、よほど運の強い人だと私は思った。

そこへ焼け跡から宮尾さんたちや父が帰って来て、遅い朝食が始まった。

宿直室の食器類は、宮尾さんの焼け残った壕から掘り出した物らしく、それを借りて、底に米粒が少し入った重湯のような粥を啜った。

「小野町のおばあちゃんとこ、お姉ちゃんといっしょに見に行って来て」

食事が終わったところで、母が縋るような目で姉と私を見て言った。

私達2人は防空頭巾だけを持って、事務所を出た。

「足元、気をつけるのよ。空襲になったら、物陰に隠れて伏せするのよ」

母が背中に声をかけてきた。

焼け残った材木町の家々の前を過ぎて、網屋町に入ると餅屋の餅搗き機が、ひん曲がった汽車のピストンを立てたような格好で、突っ立っていた。祖母がいつも栗饅頭を買って来てくれた餅屋の焼け跡である。

道は登りになり、左手の浜側の家々は、四角い升形の煉瓦造りの土台だけが残り、焼けた瓦や壁土はその升の中に崩れ落ちていた。

「山東(母の実家)さんの身内の人かね」

煉瓦造りの土台の1つに焼けトタンを屋根代わりに乗せてい

35

るバラックから、色黒の男の人が首を出して声をかけてきた。
「はい、そうですが」
「おばあちゃんも清太郎さんとこも皆無事で、昨日の夕方、和歌浦の関戸から親戚の人が迎えに来て、皆そっちへ行ったよ」
「良かった、良かった」
　姉は礼もそこそこに、その場で小躍りした。
　事務所に帰り着くと、事務室の雰囲気がざわざわして何か変だった。姉が母に小野町の無事を報告した後の話では、どうやらこの事務所に勤めている人が、同じように焼け出されて事務所を頼って来たので、こちらのほうが追い立てをくっているらしかった。
　昼頃、父が汗を拭き拭き帰って来た。
「近林さんの納屋に一緒に入れてもらうことにしてきた。川田の喜平さんに話しをつけてきた」
　宮尾さんのほうは、コンクリートの壕が頑丈で中に畳も敷いていて、昨夜のような大雨でも降らないかぎり、充分住めるそうで、ここで別れることになった。別れるに際して、宮尾さんからお米1升と4人分の箸と茶碗と貝殻の杓文字を貰った。母が何度も何度も宮尾さん夫婦に頭を下げて礼を言っていた。
　その日の午後、私達は納屋に引っ越した。荷物はと言えば、持ち出した布団と毛布とそれぞれの布鞄、消し炭を入れた焼夷弾の殻、欠けた釜と焼けたトタンの蓋、1斗缶の竈、漬物の束と団扇であった。
　納屋の大きさは、東西5間、南北4間ぐらいの大きさで、南面に半間ほどの軒下があり、そこには焼け跡から掻き集めた燃

料用の焼け棒杭が積み上げてあった。東南の角寄りに幅1間の入口があって、鴨居から吊り下げ式の大戸が入っていた。

　入口を入って突き当たると、東北の隅に除虫菊の入ったドンゴロスの袋が天井近くまで積み上げていて、上のほうから川田の元ちゃんがダダダダダッと機関銃で撃つ真似をしてきた。私もダダダダッと応戦をした。

　その角を左に曲がって、1番奥が私達の一角で、畳4畳ほどの板敷きがあった。

「わぁーい。今日から足を伸ばして寝られる」

　はしゃいで裸足で板の間に飛び上がった私は、土台に釘で板を打ち付けていなかったものだからで、もう少しで反対側の跳ね上がった板で頭を打つところだった。

　この納屋には、川田さん以外にも既に3家族入っていて、私達は父の後について1軒1軒頭を下げて挨拶に回った。

　納屋に入った翌日に、納屋の前の交番で罹災証明の交付があり、この証明で5日分の応急米の配給を受け、当座の食糧の心配がなくなり、母もほっとしたようだった。

　その日から数日、どうしたことか雨が降り続いた。納屋に来るのが1日遅かったために、我が家の拾って来た薪は水気が多く、戸口で炊く炊事の煙が多くて、母も姉も両目が真っ赤になってしまった。それでも2人は、私が拾った団扇と、父が古い竹箒の柄を切って節に焼け火箸で穴を開けた火吹き竹とで、大汗を掻きながら粥を炊いていた。

　元ちゃんと私は、雨の日はドンゴロスの袋の上で、「空襲警報ごっこ」をして遊んだ。時々本物の空襲があった。本物とい

37

っても、何の予告もなく突如として爆音が聞えてくるだけだっ
たが、
「万一、ここに爆弾が落ちて来てみんな死んだら、それまで
の運命だったんだ」 と大人達は言い合い、惰性的にその場に
伏せをした。
　雨の止み間には、焼け跡から焼け瓦を拾って来て、軒先の前
で「瓦倒し」をして遊んだ。
　ある日、父と姉の会社から島田さんが見舞いに来てくれた。
「旧県庁跡の被害って、物凄かったらしいですね。そこはちょ
っとした広場で、周囲の人が皆逃げて来ていたところへ、回り
から一斉に火の手が上がって竜巻が起こり、石が飛ぶ、瓦が飛
ぶ、トタンが飛ぶ、終いには伏せている人や人力車までが空に
飛んだそうですね。とにかくあの辺りで死んだ人は５００人を
超え、連日井型に組んだ焼け棒杭の中に死体をぽんぽん投げ入
れて焼いて、辺り一面なんとも言えない臭いだったそうですよ」
　島田さんが伝えてくれた市内の惨状は、とてもこの砂浜の比
ではなかったようで、父母も姉も耳をそばだてて聞き、自分達
は運が良かったと何度も繰り返した。
　島田さんは、東和歌山近くの焼け残った県農業会館で会社の
業務を再開すること、出社してもらえば救援物資もお渡し出来
ると言い、風呂敷ごと見舞品を置いて帰って行った。母は風呂
敷を残してくれたことにひどく感激した。その日私は、久し振
りに海苔と胡麻のついた握り飯に、茄子の焼き物を貪り食った。
　８月初めに、またもや大事件が起きた。
「ここの責任者はお前か」

つかつかと入って来た憲兵が、川田のおじさんにそう言って、頷くのを見るなり、いきなり頬を殴りつけ、集積所から無断で持ち出していた板や角材を元に返すように命じたのである。父と姉が会社に出た後だったので、母と私で数枚の板を持ち合い、集積所へ返しに行った。板の間の跡には元からあった埃まみれの5，6個の小さな角材だけが残った。

　川田さんや他の3家族は、動きは機敏で除虫菊のドンゴロス袋の山を崩して、あっという間に自分達の寝る場所を確保してしまった。

　母と私は、仕方なく角材の上に黙って腰を掛けた。幅の狭い角材は痩せこけた尻の肉に容赦なく食い込み、5分と同じ姿勢ではいられなかった。私は地面に指で「の」の字を書き、上から丹念に何度もなぞって痛さを紛らせた。母は何度も立ったり座ったりしていた。

　父が帰って来たのは、夕方4時過ぎだった。納屋の入口で母と何やら話し合っていた後、父は口の中で何やらぶつぶつ言いながら、出て行き、6時頃帰って来た。

「町内の鍛冶十が湊御殿に鉄工所を持っていて、新築の離れが、畳も建具も入ってないが、夜だけだったら借りられるそうだ」

　父は本当に嬉しそうだった。こうして、私たちは廃物利用の炊事道具と食器だけを残し、またしても食糧と寝具、身の回り品を持って新しい寝所に向かった。

　この寝所の最大の難儀は、近くの水軒浜に打ち寄せる土用波の音と、蚊の大軍だった。開けっ放しの板敷きの部屋からはいつ見ても白い夜が見え、夜の更けるとともに波の音が一際高

く聞こえ、その上蚊が布団や毛布から出ている額や顔や手や足を容赦なく襲ってきた。蚊帳も線香もない中で、私達は一晩中両手で額や顔や手の甲をぱちぱち叩いていた。翌朝、朝方少し微睡んだかと思って起き出した時、私達はお互いのおでこや顔がまるでお岩のように腫れ上がっているのを見合わせて、声もなく笑い合った。

第五章　戦中のお遣い

その日私は、朝から少し興奮していた。

　というのは、昨日の昼から、小野町から従兄弟の弘さんが連絡に来て、母方の祖母や伯父一家が焼け跡に戻っていることが分かり、夕方から母と姉と３人で出かけて行った。そしてその時の話で、戦災後の疲れが出たのか、なかなか風邪の治らない祖母のために、私が小松原通５丁目に焼け残っている井上小児科まで、薬を取りにゆくことになっていたからである。この医院は、戦前から扁桃腺の弱い私のかかりつけの医院であった。

「大事な一人息子をそんな危ないところへ１人で出して、万が一のことがあったら隆さんに申し訳がないよ」

　祖母は父に気兼ねして、１人で遣いに出すことを心配した。

「いつも家に来る時、途中のお餅屋さんで美味しいお饅頭買って来て貰ってたじゃないの。こんな時こそお返ししなくちゃ」

　姉が言った。

「大丈夫ですよ。もうこの子も５年生だし、学校で軍事教練受けてるの。敵が上陸して来たら、この子だって竹槍持って戦わねばならないんだし」といつもに似合わず、母がきっぱりした口調で言った。

「僕、畑にする前の運動場で、少年飛行兵と同じ宙返りの機械体操したことがあるんだ」

　私は、出された蒸かし芋を頬張りながら、狭い焼けトタンのバラックの中で、横に宙返りの身振りをちょっとだけして見せた。

「折角おばあちゃん孝行したいって言ってくれてるんだから、そのとおりにして貰ったら」

伯父の一声で話が決まった。

　こうして昨夜土産に貰った甘藷を入れた芋粥で腹拵えをしてから、私はゲートルを巻き防空頭巾を持って8時頃納屋の出口に立った。

「熱があって咳が止らないって言うのよ。水薬出たらハンカチで包んで割らないように。もし途中で空襲になったら、どこの壕でもいいから入れて貰いなさい」

　母はいつものようにこと細かに注意を与え、さすが今日は心細そうな顔で見送ってくれた。

　交番の角を右に折れ、やがて県庁前の大通りに出た。私は空襲の爆音を聞き逃さないように、防空頭巾は被らずに肩から斜めに紐で掛けた。

　ふと見ると、周囲に白い碍子（がいし）や電線が散乱した中で、外側が黒焦げの1本の太い電柱が、燃料に使われでもしたのか、鋸で随分と短く切り取られて、薄黄色の年輪に朝日が当たっていた。

　外壁だけ残って、内部は真っ黒の県庁の正面を過ぎたところから、「扇の芝」に抜けられる道らしいものが焼け跡の中に見えてきた。でも近道をして、もし何かで踏み抜いて足の裏に怪我をしたら、たちまちその場で動けなくなるので、大回りをして電車道を南に下った。

　電車道の左手には焼け残った師範学校の松林があり、気持のいい風に吹かれて歩いていると、前方の武徳殿（ぶとくでん）の前あたりで人の動きが急に慌ただしくなり、右往左往し始めた。

「空襲だ」

　目の前にいた子供連れの女の人が泣くような声で叫ぶと、子

43

供を横抱きにして走り出した。私もとっさの判断で、震える指
先で紐を解き頭に防空頭巾を被りながら全力で駆けた。
　つんのめるようにして、目についた壕に飛び込むと前の男の
人の背中に嫌というほどぶつかった。
「無茶するな……」
　前の男の人が振り向いて文句を言い出したところへ、次の男
の人が飛び込んで２人に衝突したので、文句もそれきりになっ
た。
「ロッキードの編隊がゆくぞ」
　最後の男の人が、壕の入口から空を見上げて言った。私も入
口まで引き返して見上げると、特徴ある井桁形の双胴式のロッ
キードＰ３８が十数機、編隊を組んで北を向いて飛んでいた。
私は奇妙に落ち着いていた。この前のグラマンに遭遇した時は、
まるで金縛りに遭ったように身動きできなかった自分が、どう
してこうも機敏に動け、落ち着いていられるのか不思議でなら
なかった。
「どうやら爆音も遠のいたね」
「近頃、警報も当てにならないから。自分の目と耳を頼りにせ
んと」
「出よう、出よう」
　私も男の人達について壕を出た。壕を出ると、さすがに先程
の自信もかなりぐらついて来た。
「なにくそっ、なにくそっ」
　私は早足に一歩ごとにそう声に出して、下腹に力を入れて歩
いた。

ようやく病院に辿り着き、母に言われた通りに祖母の病状を言って、薬を受け取った。
「粉薬は食後、水薬は食間ですよ」
　代金を支払って外に出たところで、防空頭巾は頭の後にずり下げ、粉薬はズボンのポケットに入れ、水薬はハンカチで包んで手に持った。
　もうこうなったら、一時も早く納屋まで帰りつくことだけを考えて、自然と早足になった。扇の芝からは近道を選び、踏み抜きをせぬように目を皿のようにして足元を注意して歩いた。
　県庁前の大通りに出て、今度は大通りを避け、焼け跡のがらくた道を辿ることにした。もう１度くらい空襲がありそうな予感がして、その時は焼け跡の中のほうが身を隠すのに便利と思ったからである。
　県庁の裏手へ回り、学校の前まで来た。見上げると、コンクリートの校門の門柱だけが残り、その前の石畳は焼けた瓦と壁土で盛り上がっていた。焼けた校舎の跡を一目見ておきたいと歩き出した途端、ふと爆音を聞いたように思って、慌てて学校の前を離れた。
　市立商業の前まで来た時、南の方に早や十数機の敵機の機影が見えた。またもやロッキードＰ３８の編隊である。
　私は素早く周囲を見回し、うまい具合に市立商業の溝の上に身を隠すのに格好の半間ほどの焼けトタンが乗っていて、薬瓶を庇いながら溝の中に飛び込んだ。私は薬瓶を下に置き、焼けトタンの波形の隙間から機影を見上げた。
「身動きしたら見つかる。４５度の線さえ通り過ぎれば助かる」

45

私は首の後に巻き付けた防空頭巾を被り直しもせずに、斜め
４５度の上空を機影が通り過ぎて行くのを、息をひそめて見つ
めた。通り過ぎると、頭上に大きく機影がのしかかり、背中に
冷や汗がじっとりと吹き出て来た。

　１時間も同じ姿勢を取り続けたような気がした。終わってみ
ると、首の後ろがかちかちに凝っていた。

　納屋に帰り着くと、いきなり母が抱き付いて来た。

「もう心配で心配で。何回交番のところまで見に行ったことか」

　薬は、空襲がおさまったその日の夕方、母自身で小野町へ届
けに行った。

　納屋にも新聞が入り出し、世の中の動きも少しずつ分かり出
して来た。

「広島に新型爆弾が落とされたらしいですな」

　川田の喜平さんが父に話しかけていた。

「そうらしいですな。落下傘で吊り下げて空中で爆発させたら
しい」

　父が答えていた。

　それからしばらくして広島の様子が徐々に分かって来た。強
烈な閃光とともに物凄い爆発音がして、一瞬のうちにあらゆる
建物が倒壊し、爆心地から数キロも離れたところでも、露出し
た皮膚が焼け爛れ、毛が抜け、これから５０年間草木も生えな
いという。長崎にも同じような爆弾が落されたという。

　そして８月１５日がやって来た。その日大人達は重大な放送
があるというので、交番に集まって行ったが、ラジオの声が小
さく雑音が多くてよく聞き取れず、なんだかよく分からないな

りに戦争が終わったらしかった。

　その日の夕方、私は母と姉について北新地の焼け跡にある円満寺へ墓参りに行った。人通りも極めて少なく、公園前のあたりで、ようやく数人の男連れに行き合った。

「あーあ、馬鹿々々しい。勝つ勝つって騙されて」

「身体全体から力が抜けてしまって、何をする気力も起こらないよ」

　男達の話し声が聞こえて来た。

「負けるなら負けるで、もっと早くに負けとけばいいのに」

「そうよ。そうしたら、うちも焼けずに済んだのに」

　姉と母はひそひそ声で話していた。

　北新地の電車道からお寺のほうへは、元の道が無くなってしまい、焼け落ちた壁土や瓦を踏み砕きながら進んだ。墓地の中には、それでも数組の墓参りをする人がいて、入口のところで国民服姿の男の人に声を掛けられた。

「暑い中、ようこそお参りくださいました」

　よく見ると、お寺の院主さんで手に数珠を掛け、小さな鉦と鐘木を持っていた。

「そんな服装されてましたので、てっきりお参りの方だとばかり思ってまして……」

　母が慌てて頭を下げた。

「いやいや、袈裟も何もかも焼いてしまいました。墓地の中に焼夷弾が落ち、お墓が割れてしまったのや、倒されてしまったのがたくさんあるんです。お宅のは上の墓石だけちょっと左向いただけで、無事でしたよ」

47

井戸から水を汲んで、墓石に掛けて合掌するだけの簡単な墓参りにも、院主さんは背後で鉦を鳴らして丁寧にお経を上げてくれた。
「これ見てください。卒塔婆をみんな剥がして持って行って、飯炊きに使ってしまうんですよ。えらい世の中になりました」
　院主さんが墓石の空の背後を指さした。
　墓参りから帰ると、川田家の除虫菊の袋の寝所はいつの間にか元の板敷の間に変わっていた。
「あの憲兵のがき、今度顔見たら、鳶口で頭をかち割ってやる」
　川田の喜平さんは、目を吊上げて息巻いていた。
　翌日わが家も集積所から板を運び入れ、4畳大の寝所を作り直し、鍛冶十との二重生活を取りあえず解消した。

第六章　台風一過

空襲がなくて、学校がなくて、まるで天国にいるような気分
だった。

　私は、毎朝川田の元ちゃんと誘い合って、浜に出て遊んだ。

　浜には半分ほど崩れかけた青石の岸壁があり、そこに全長
１０メートルぐらいの機帆船が繋がれていた。

　ある朝、元ちゃんと私は船に差し渡した板を渡って船の中に
忍び込んだ。１歩足を踏み入れた途端、足元から数匹の船虫が
錆び付いた鎖沿いに、一斉に舳先のほうへ逃げて行った。

　艫の方へ曲がると、階段があって、その上に操舵室があった。

「面舵一杯」

　元ちゃんはそう言って舵を回す真似をした。

「取り舵一杯」

　私も今度は反対側に回す仕草をしながら、負けずに声を張り
上げた。

「この船、どこにいることにしょうか」

「太平洋の真ん中、赤道直下」

　私が答えると、元ちゃんは「赤道直下、マーシャル群島…」
の歌を大声で歌いながら、一層激しく左右に手を回した。

　当分替わって貰えそうもないので、回りを見渡すと、いつか
本でみた青銅色の羅針盤が目の前にあった。指先で押してみる
と、盤が大きく揺れても、すぐに水平に戻る仕掛けに感心した。
元ちゃんもすぐに気付いてやって来て、手荒く羅針盤を突つき
出した。

「もう出よう」

　元ちゃんが余り悪戯をし過ぎて、機械を壊さぬうちに、急き

立てて船を出た。

　船の下には、直径７、８０センチの丸太を数十本繋ぎ合わせた筏が、岸に繋いであって、潮の引き具合でこの上に乗って遊ぶことが出来た。丸太の下側には、無数の牡蛎がついていた。私達は川田のおじさんに教えてもらって、焼け跡から拾った、刃先がぼろぼろになった出刃包丁や鉋の刃でこそぎ落とし、笊で受けて採った。時々失敗して、殻を割ってしまうことがあった。

「この牡蛎、生で食べるとうまいぞ」

　元ちゃんがそう言いながら、つぶれて中身の出た牡蛎を海水で洗って、口の中に放り込んで食べた。私も真似して食べてみると、強い磯の香りがして、塩味と微かな甘味が溶け合って、なんとも言えず美味しかった。

　その夜、元ちゃんと私の採ってきた牡蛎は、両家の１斗缶の竈の上で焼かれて、香ばしい香りと共に、久しぶりの豪華な夜食となった。

　その翌日から、納屋の大人達も総出で牡蛎採りに出て来たので、筏の下の牡蛎はあっという間に無くなった。

　その次に流行り出したのは、筏の間からのはぜの手釣りだった。これも川田の喜平さんと元ちゃんが先達だった。私は最初にごかいをひきちぎって針先に付ける時、思わず吐き気を催したが、そのうち慣れてしまった。

「錘を底から少し浮かして、手先を軽く動かしていると、びびっと手応えあるから」

　川田のおじさんが、手を取って教えてくれた。これも納屋の

51

大人達も加わって、筏の上は大賑わいだった。

　筏の前の水面で、時々いなが跳ねた。

　納屋の中で右隣に住む竹原さんのちいちゃんという３才ぐらいの女の子が、筏の繋いでいる岸壁に来て、回らぬ舌で「かもめの水兵さん」を歌った。そのかもめが、時々さっと空中から舞い降りて、水中の魚を掴んで飛び去った。

　ある夕方、元ちゃんと私が夢中になって、釣り比べをしているうちに満潮になり、筏から歩いて帰れなくなった。

「困った。褌がない」

　私は、本当に困ってしまった。

「パンツのまま泳いで帰ればいいんだ」

　元ちゃんは、そう言って、魚篭の魚の上に釣具とシャツを丸めて放り込み、パンツ裸で飛び込んだ後、頭の上に器用に魚篭を載せて岸に向かって泳ぎ出した。

　私も慌ててそれに倣った。納屋に帰り着くと、母が早速飛んできて、乾いた手拭で何度もごしごし体を拭いてくれた。

　数日後、海面に妙なうねりが出て、生暖かい風が吹き出した。

　夕方になると、ごうごうと風の吹きつける音が益々激しくなり、それに雨が混じって、日が暮れる頃からはっきりと暴風雨の様相を呈してきた。納屋では、鴨居に吊るした大戸がばたんばたんと、風に煽られて跳ね上がり出した。

「皆さん、一緒に来て、ここの大戸を押してください。１人じゃとても駄目ですから」

　川田の喜平さんが、暗闇の大戸のところから、大声で助けを求めた。

「よし来た」

　父はそう返事をすると、暗闇の中を手探りで戸口の方へ出て
いった。それをきっかけに各家の男の人達は大戸のところに集
まり、皆で大戸を両手で押した。

　耳をすますと、風が大戸に吹きつけては一服する間隔が、徐
々に短くなっているようであった。納屋の大戸は風の吹きつの
る度に、ぎいぎいと軋み音を立てた。

　突然ばりばりという音がして、納屋の屋根と東側の壁の交差
する三角部分にぽっかりと穴が開いた。塞いでいた焼けトタン
が強風で吹き飛ばされたのである。開いた穴から激しい雨が除
虫菊の袋に容赦なく降り込んで来た。

「風向きが変わると、屋根が吹き飛ばされて、建物が倒される
かもしれない」

　暗闇の中で父の声がしていた。

「なんとか塞ぐ訳に行かんか、隆さん」

　喜平さんの声がした。

「雅彦。ここへ来て戸を押さえるの替われ」

「女の人もみな来て、ここ押さえて」

　私は暗闇の中で、突然防空頭巾を被せられ、母と姉に手を引
かれ大戸の前に立った。

　父に替わって、喜平さんの号令に合わせて、母や姉達と一緒
に大戸を押したが、びくともせず、風というよりは巌を押して
いるような感じがした。

　父と2、3人の男の人達は、口早に道具と手順の打ち合わせ
をしてから、防空頭巾を頭に被り、少し開けた大戸の隙間から、

53

外に飛び出して行った。しばらくして、風の音の合間にとんとんと板を釘で打ち付ける音がした。

　ようやく穴も塞がり、男の人達も全員無事に帰ってきた。夜半を過ぎた頃から、風の息遣いも少しは穏やかになり、風の押し返す力も、巌から硬いタイヤの感触に変わってきた。

「風の向きも南から西に変わったようだ」

「東でなくて良かった。運が良かった。全く」

　喜平さんと父が話していた。

　翌朝は台風一過からりと晴れ上がり、道路の土埃りも奇麗さっぱり洗い流されて、土中に埋もれていた焼け煉瓦や瓦が、色鮮やかに地面に浮き出てきた。

　私と元ちゃんは、浜に元気良く飛び出した。

その途端、目の前の光景が一夜の内にすっかり変わっていて、吃驚仰天（ぎょうてん）した。というのは、筏が半分ほど石垣の上に乗り上げ、しかも機帆船ときたら、石垣を乗り越えて砂浜の上まで打ち上げられて、右に大きく傾いて座り込んでいるのである。

「わあ、こりゃまるで駱駝（らくだ）だ」

　私は思ったままを口に出した。

　元ちゃんは「月の沙漠」を大声で歌いながら、船に向かって走り出した。私もつられて歌いながら走り出した。

　この台風のせいで、連合軍の厚木と南九州からの第１次進駐が２日間延期された。

　９月になってある朝、例によって賑やかな朝食中の川田家の方から、しきりに「松川さん、松川さん」という声が聞こえて来た。

「松川さんがどうしたんですか」

　歯磨きに出た父が戸口で聞いていた。

「いえね。松川さんが、アメリカが来たら、これから一体どうなるかっていう話ですよ」

　川田のおじさんが答えた。

「あゝ、マッカーサー司令官ね」

　笑いを噛み殺した父が、歯ブラシを持って帰って来た。

　元ちゃんと私達は、相変わらず連日筏の上で魚を釣った。魚はよく釣れ、はぜの外にせいごやすずきもよく掛かるようになった。

「雅ちゃん、元ちゃんも、明日から学校があるんだって。学校が始まるんだって」

　岸壁の上から母の上気した顔が覗いた。

　私は何故か大変な衝撃を受けた。全く予期しないことが起こって、天国から地獄に突き落とされる感じであった。

　焼いてしまった教科書はどうしよう。焼け出されてからは、大半夏休み期間だったとはいえ、宿題もなく魚釣りに呆けていた間の勉強の遅れはどう取り戻そう。そんなことを考え出すと、学校へ行くのがひどく億劫だった。

　翌朝、私は元ちゃん達と一緒に、焼け跡の学校に登校した。学校に着くと、空襲前夜に水遣りをした甘藷畑は、茶褐色の蔓の束だけになって巻き上げられ、畝は踏み荒らされ、あちこちに人糞が散乱していた。

「これこそ骨折り損のくたびれ儲けというやつだな」

　聞き覚えのある声に振り返ると、そこに栃野が立っていた。

55

「本当に」
　私も思わず相槌を打った。
「だから言っただろ。楠みたいに精勤に水遣りせんでもいいって。それにしてもお前、色黒なったな」
「うん」
　私は以前のような気遅れなしに答えているのが不思議だった。
　校長先生が焼け残った地区のお寺で学校を再開する話をした後、9月下旬からはじまる連合軍の京阪神地区の進駐について次のような注意をした。
「進駐軍の兵隊さんが歩いている前を、たとえ不注意でも追い抜かないように。追い抜くと進駐軍を侮辱したとして射殺されます」
　私は元ちゃんの声に誘われて走り出したところを、背中からピストルで撃たれる姿を想像しぞっとした。そして、これが国が戦争に負けたことの本当の意味だと思った。

第七章　鼠　島

大阪湾には旧日本軍が機雷を敷設していたので、京阪神地区に進駐する連合軍はすべてここ和歌山港の鼠島へ上陸し、国道２６号線を通って各地に進駐して行った。

　その間、国道・県道はすべて道路閉鎖で会社も学校も休みになり、納屋の人たちも近隣の人たちも、県庁の前の大通りへ見物に出かけた。

　私も元ちゃんの背後から覗き込むと、目の前を軍用トラックとジープと水陸両用艇の大群が地響きを立てて通り過ぎて行った。

「あのトラック見てみろ。後の車輪が２つもある。あんなの今まで見たことない」

　川田のおじさんが言った。

「こんな国と戦争して、勝てると思っていたのか、為政者は」

　背後で父が呟いた。

「それに乗ってる兵隊、ありゃ白人っていうより赤人じゃあないか」

　横で竹原のおじさんの声がし、車上でガムを噛む赤く日焼けした白人兵と、奇声を上げて手を振る黒人兵の姿が見えた。

　夜は夜で、何条もの光の帯が絶えることなく続き、エンジンの荒々しく唸る音とブレーキの軋む音が、闇の中を北へ向かった。

　一方鼠島にキャンプを張って駐留する部隊があり、停泊している十数隻の艦船のほうから、時々けたたましい音楽が、整地作業をするブルドーザーの騒音に混じって聞こえて来た。

　会社や学校も再開され、私たちも焼け残った「通り丁」のお

寺の学校に通い出した。授業と言っても、本堂で先生の読み上げる問題を、学校で貰ったざら紙の帳面に書き写し、答えを書き入れて見てもらうという簡単なものだった。

　ＭＰがジープで市内を走り回り、交差点で交通整理をし、英語の標識が立ち出した。

　９月の中頃に、小野町から従兄弟の弘さんが祖母の容態の急変を知らせて来た。母は私の手を引きずるようにして実家に急いだ。

「この間の台風でトタンの屋根が吹っ飛んで、みんなずぶ濡れで風邪ひいてしまったんだ」

　清太郎伯父さんが言った。祖母は、前に見た時と違って、頬がこけて顔色がひどく悪くなっていた。

「この前はありがとう」

　祖母は枕の上でわずかに頭を動かした。

「薬の礼を言ってるんですよ。この前の……」

　弘さんの伯母さんが私に言った。

　それから一週間ほどして、祖母は亡くなった。母の弟や妹も戦地や満州から引き揚げていず、僅かに三重県の岩江叔母ちゃんだけが危篤電報で駆けつけ、死に目に会えただけだった。

　清太郎伯父さんが、どこからか３尺四方ほどの白い木箱を調達して来て、祖母の遺体を納めた。祖母は四角い箱の一隅に、つぎだらけの浴衣を着せられて小さく座っていた。伯父は家業の荷馬車の上に、この俄作りの棺を載せて、火葬場まで引いて行った。

「空襲にさえ遭わなかったら、こんなに早く死ななくても良か

ったのに」

「薬ももっと十分もらえたのに」

「一番悪い時に亡くなって。もうちょっと長生きさせてあげた
かった」

　母と姉と岩江叔母ちゃんが、肩を抱き合って泣いていた。私
もいつの間にやら、目の前がぼやけて、鼻の横を涙がすり落ち
て行った。

　１０月分の食糧の配給が、玄米が１１日分と残りは玄麦と
馬鈴薯になった。精白する道具もなく、そのまま食べることに
なった。

「よく噛んで食べるのよ」

　母に何度も注意されたが，そんなことを考える余裕もなく、
とにかく掻き込み飲み込み、そして消化不良で下痢をした。学
校のお寺の便所で、何度も目の前が暗くなり、風に揺らぐ柳の
枝のように、身体が前後に揺れた。

　ある闇夜の晩、川田の喜平さんと父が連れ立ってどこかへ出
て行った。

「お父さんどこへ行ったの」

　私は母に聞いた。

「さあ、買い出しにでも行ったんでしょう」

　母はなぜか顔を赤らめて答えた。私はそのまま寝入ってしま
った。

　翌朝から、川田家と我が家の玄麦粥に白いさつまいもが入り
出した。久し振りの芋粥で本当に美味しくて満腹した。

「舟で行ってたから逃げられたものの、陸地伝いだったら、絶

60

対捕まってたな」

「あの訛りからすると朝鮮人（当時の呼称に従った）だな。捕まったら殺されても文句は言えないところだった」

　学校へ出かける時、納屋の入口で川田の喜平さんと父が、ひそひそ声で話しているのを耳にした。私はすべてを理解した。

　その頃から、川田の喜平さんは家業の櫓舟におばさんとお姉ちゃんを乗せて、停泊中の艦船に近づき、身振り手振りで進駐軍の衣類の洗濯を引き受けてきては、その報酬に食パンや肉や缶詰を貰って来ていた。

　右隣の竹原のおばさんは、小さな手押し車に１斗缶とちいちゃんを乗せて築地橋を渡り、直接進駐軍キャンプにお貰いに行っていた。

「男の人は敵だったから駄目よ。若い女の子か小さい子供だったら必ずくれるわ。一緒に行きましょう」

　竹原のおばさんに誘われてからも、母と姉は大分長い間渋っていた。

「お兄ちゃん、これ」

　１２月に入ってある夕方、ちいちゃんがジャムの一杯ついた食パンを１切れ、私に持って来てくれた。気がつくと、私は真っ赤な苺ジャムと真っ白なパン生地の世界に没入して、ただ一心に貪り食っていた。

　その日の夜、私たちは竹原のおばさんたちについて、進駐軍のキャンプに行った。

　磯と泥の入り混じった臭いがし、コンクリート舗道の底冷えが爪先の破れたズック靴を通して、下腹まで冷え込んで来た。

「川田さんとこ、洗濯洗濯って言ってるけれど、進駐軍が海中に捨てた物を拾って来て、横流ししたりして、荒稼ぎしているようよ」

　竹原のおばさんが言った。母と姉はきょとんとした顔で聞いていた。

　島の中には、金網に囲まれて、緑色のカマボコ形のキャンプがいくつも立ち並んでいた。鉄柵に張ったロープには、青い作業着や黄色いシャツ、爪先の丸い軍靴が干してあった。

「ハロー」

「オハヨウ」

　金網越しに、帽子を取って最敬礼をする兵隊もあった。食堂の前には１０人ぐらいの兵隊が並び、アルミ食器を持って入口でカップにコーヒーを入れてもらい、中に入って行った。

　横の賄い口の金網の外側には２０人ほどの人だかりがあり、金網越しに白い食パンが差し出されると、十数本の手が伸びて取り合い、あっという間に掻き消えてしまった。

「ここは一般食堂で兵隊の性質にもよるんだけれど、ああして取り合いさせて喜んでいる兵隊もあれば、ちゃんと並ばせて順番に呉れる人もいるんですよ。今日はもうここは止めて向こうの将校食堂へ行きましょう」

　おばさんは、手押し車を押して歩き出した。

「むこうへ行ったら、紹介してあげますよ。折角来たんだから」

　右手に曲がると、将校食堂の賄い口があり、ここにも１０人ばかりの人だかりがしていた。丁度でっぷり太った赤ら顔の兵隊が、紙箱を抱えて出てくるところだった。

「フレンキ」

　竹原のおばさんが若やいだ声で呼びかけた。

「ハロー、ママサン」

　兵隊は、大げさな身振りで返事をした。

「あの人のお母さんに私が似てるんだって」

　竹原のおばさんが言った。彼は、箱の中から何かの缶詰を一つずつ掴み出しては、一人ずつ指差して呼び寄せ、柵越しに手渡していった。おばさんの番になると、フレンキは、柵越しに空き缶を受け取って、食堂の中へ引き返して行った。

　フレンキが先ほどの缶を抱えて戻って来た。回りの人たちが一斉に缶の中を覗き込むと、かなり大きな肉塊が入っていた。回りの人たちからは一斉に溜息が漏れた。

「あ、フレンキ。ミー、フレンド」

　竹原のおばさんは、私たち３人と自分を交互に指さしながら、この人たちにも何かやってくれと言うことを、手真似でやりだした。やがて意味が通じたのか、フレンキは目の前で親指と人差指をちかちかさせて、食堂の中に消え、しばらくして菓子パンの入った白い布袋とコーヒーを入れた砂糖の空き缶を抱えて来た。

「ホワッチュア、ネイム」

　フレンキは姉を指差して手渡しし名前を聞き、姉が答えると、何事か英語で２回ゆっくりと繰り返し、人差指で地面を指した。

「明日朝六時、ここへ来いと言ってるのよ。イエス、イエス、サンキュウって言っときなさいよ」

　竹原のおばさんに催促されて、姉はわずかに頷いた。

「悪いけど、ここでしばらく待っていてくれる？ちょっと海軍の方見てくるから」

　四つ角の外灯の下を、おばさんの手押し車が左に曲がった。

　その後を、青黒い大型トラックがけたたましいクラクションを鳴らして海岸通りで急ブレーキをかけ、スリップしながら左手に大きく曲がり込んで行った。私達も心配になって走り出した。角を曲がると、見覚えのある手押し車が横倒しになり、泣き叫ぶちいちゃんの横で、竹原のおばさんが空き缶から転がり出た肉塊の上に座り込み、両手を水車のように回しながら叫んでいた。

「これはフレンキが私に呉れたんだ」

「その肉は俺がここで拾ったんだよ」

　後頭部に銭禿のある男の子が、おばさんにむしゃぶりついていた。

「あっ、ＭＰが来た」

　誰かが叫んだ。

「血だらけになりやがって餓鬼ばばあ。自分ばかり取り込みやがって」

　男の子は、おばさんに唾をぺっぺっと吐きかけると、橋の方へ逃げて行った。

「たまにはこんなこともあるの。さあ、明日の朝も早いし…」

　竹原のおばさんは肉塊を缶に戻し、ちいちゃんを抱き上げて、意外に明るい声で言った。

64

第八章　真新しい土

電線の引き込み工事をして、納屋の中に電灯がついたのは、
１２月の中頃だった。電灯といっても、納屋の中央東寄りの大
黒柱に６０燭光くらいの裸電球がたった１つついただけだった
が、今まで夕食後は、怖いものから逃れるかのように、そそく
さと布団の中にもぐり込んでいたのが、１升瓶の空瓶と竹棒で
玄米を精白するとか、昼間あったことを家族で話し合うとかい
うふうに変わってきた。

　その後、私は鼠島へは２度と行くことは無かったが、母と姉
は最初の日に貰った砂糖の空き缶を風呂敷で包み、袖の下に隠
すようにして肩を寄せ合い、朝に夕に鼠島通いをしていた。

　ある晩、姉と母は２人の進駐軍を納屋に連れて来た。１人
はバブさんといい、茶色の目をした２世風のほっそりした人で、
もう１人はロバーツさんといって、金髪に猫のような薄青色の
目をした大きな人だった。

「シッ・ダウン・プリーズ」

　姉が座布団を出して座席を勧めたが、半間の入口ではバブさ
ん１人で一杯になり、困っていると、左隣の今井のおじさんが、
「ここへ座ってください」と座布団と火鉢を出して座席を勧め
てくれた。母が納屋の外から消し炭を持ってきてその火鉢で火
をおこし、茶を沸かして２人に出した。

「オウ、スミデスネ」

　突然、バブさんが言った。私は進駐軍から日本語が飛び出し
てきてびっくりした。

「アツイデスネ」

　バブさんがまた言った。

「寒いですね、暑いですねって、今一生懸命日本語を勉強してるのよ」

　姉が解説してくれた。それからバブさんの何度も繰り返す日本語の言葉を聞いたが、炭とも寒いとも両方に聞こえて面白かった。

「マイ・ブラザー」

　姉が父に続いて私を２人に紹介した。

「オウ・オトコ」

　バブさんが言った。私は男と言われて少しむっとした。

「男の子と言ってるつもりなのよ」

　姉が取り成すように言った。

　ロバーツさんは、全く日本語が話せないようで、バブさんと英語でばかり話していた。

「来年春、国に帰れるて言ってるようよ」

　姉が言った。バブさんがつと立ちあがり、

「パパ・ママ・マイ・ボーイ…アイ…ウイスキー…ダンス」

　と言いながら、目を潤ませて両親と抱き合い、酒を飲み、ダンスをする真似をした。

「ヘイ・ミスター。ウイスキー」

　川田の喜平さんがウイスキーの瓶を振った。バブさんは茶碗に注ごうとする手を押し止め、栓を締めた瓶を胸に抱いて、１人でダンスを踊る真似をした。ロバーツさんは、胸から赤球印の煙草を出して今井のおじさんと父にすすめ、にこにこしながら煙草を吹かしていた。

　しばらくして２人は帰った。

「グッバイ・エイコ・パパ・ママ・オトコ」

　私は男と言われて、また少しむっとした。

「お宅、将校と付き合いがあるのなら、進駐軍の物資よく回るでしょう。いい値で売れるので、もし何かあったら回してくださいよ」

　右隣から竹原のおじさんが話しかけて来た。

「あ、あれどう、ココアの缶」

「そうね、お砂糖もないし」

　母と姉が部屋の隅から直径１５センチばかりの真新しいココアの缶をおじさんに手渡し、何か小声で話し合っていた。

　新春を祝うすべもなく、敗戦後初めての正月を迎えた。

　納屋の人たちは新年の挨拶を交わした後、決まってこう付け加えて淋しい笑いを浮かべた。

「焼けてしまって、おめでたいも何もないもんですけどね」

　年末に１人２合１勺ずつの餅米の配給があり、正月早々母が左隣りの今井さんから摺り鉢と擂り粉木を借りて、搗いたり捏ねたりして餅を作った。それは確かに餅の味と匂いだけはしていたが、水気が多くて粘り気はなく、餅というより団子に近かった。

　この餅団子で遅い雑煮を祝った後、父は１人で円満寺に墓参りに行った。

「帰りに、東和歌山の方に闇市が出来ているというので見て来た。何でもあるけど、高くてとっても手が出せない」

　夕方帰って来た父が言った。

　翌日私は、終戦直後から、父が暇を見つけては片付けていた

焼け跡の整地作業を手伝った。回りには、焼け棒杭に焼けトタンを打ちつけただけのバラックがぽつぽつ建ちかけていた。しかし我が家の一角だけは、元の地面まで焼けた瓦や壁土を丹念に取り除き、それを使って敷地の周囲に塀を造っていた。地面には、ところどころに赤黒い火の痕が残っていた。

「あんな柔らかい焼け土の上に、家を建てたら、地震のとき一たまりも無いからな」

それがいつもの父の口癖だった。

3学期が始まった。私は半袖半ズボンの夏服で通学していた。昨年秋に返してもらった疎開荷物の中には、丁度預けた時不要だった夏服だけしか入っていなかったからである。もちろん靴下もなく、私の脛には赤紫色の斑点が出来ていた。私はこの斑点は一生治らないのではないかと心配した。

1ヵ月ぐらい経ったある夜、私は、

「起きろ、起きろ、動くな。動くと撃つぞ」と言う、日本人ではないアクセントの声に叩き起こされた。目を覚ますと、暗闇の中で眩しい懐中電灯の光を突き付けられ、その光の中でピストルの銃口らしい物がこちらを向いていた。とっさに身体を寄せた母から身体の震えが直かに伝わって来た。納屋のあちこちで英語の話し声が聞こえていた。

「そこ動くな」

通訳らしい1人がそう言うと、2人の進駐軍が土足で板の間に上がってきて、1人は銃口をこちらに向け、1人は懐中電灯で食器箱や米びつ、衣裳箱、布鞄の中を調べ始めた。探していた方が、最初の日に貰った砂糖の空き缶を見つけて放り出し、

「ノウ……」
　と言って首を振った。
　母はほっと大きな溜息をついた。
　その時、進駐軍の１人が大黒柱の電灯のスイッチを捻ったので、納屋の中がぱっと明るくなった。私は目を少し馴らしてから周囲を見回して見ると、ヘルメットを被り拳銃を持ったＭＰ達は、２人ずつ組になって各家の持ち物を検査しているところだった。
「ヘイ・ユー・カモン」
「服を着てついて来い」
　拳銃を持ったＭＰが父を手招きし、通訳らしいＭＰが言った。
「マイ・ウオッシング」
　川田さん宅では、お姉ちゃんとおばさんが、ＭＰの腕に取り縋って、両手で洗濯する真似をして、説明しようとしていたが、相手のＭＰは無視して、３斤ほどの食パンを小脇に抱え、床の上に散らかったたくさんの缶詰や、オレンジ、石鹸、ハムなどを元の紙箱に詰めて持ってくるように喜平さんに指示していた。
　こうして父は川田の喜平さんや竹原と今井のおじさん達と一緒に、ＭＰのジープに乗せられてどこかに連行されて行った。
「大丈夫かしら」
　納屋の入口で、母が心配そうに言った。
「まさかどこかの原っぱに連れて行かれて、銃殺されるようなことはないでしょうね」
　今井のおばさんが、震えながら言った。
「内は洗濯した報酬を、物で貰っているんだから。出るところ

70

へ出たら、ちゃんと説明出来るから」

　川田のお姉ちゃんが、少し興奮した声で言った。

「内も少し摘発されたけれど、お宅は何も出なかったから大丈夫よ。巻き添えみたいなものだから」

　竹原のおばさんが母に言った。

「ココアの缶、お宅のご主人にお願いしておいて、本当に助かりました」

　母が小声で竹原のおばさんに礼を言い、両手を取って、何度も頭を下げていた。

　翌日学校から帰ると、父はすでに帰宅していた。今井と竹原のおじさんも帰っていたが、川田のおじさんだけは、もう1晩留置された。

「どうして内のお父ちゃんだけ、留置されなければいけないのよ。みんな同じことをしているのに」

　夕飯時に突然、川田のお姉ちゃんがおばさんの胸に取り縋って、大きな声で泣いた。

「焼けてからこの方（かた）、国は一体どれだけのことをしてくれたのよ。乾パン一袋とお握り一個呉（く）れたぐらいのものじゃないの」

　川田のおばさんも、涙声で誰にともなく言った。納屋の中は一瞬にして静まり返り、気まずい空気が流れた。

　後になってから、川田のおじさんは大きな罰金を払わされたと、母から聞かされた。

　３月になって、旧円紙幣に証紙を貼り、預金が封鎖され世帯主３００円、家族１人当たり１００円の引き出ししか認められない新円生活が始まった。

71

「雅彦。明日、焼け跡の地面に柱を立てる穴を掘るから、手伝ってくれ」

　彼岸前の土曜日の夜、父が言った。私はもう間もなくこの納屋を出て、新しい家に入れると思うと、嬉しくて寝付かれなかった。

　翌日、私は父について焼け跡に行った。

「旧円時代に地方木材会社を通じて、手当てしていた材木が近々手に入ることになった。ここが大黒柱を立てるところだから、しっかり深く大きく掘れよ」

　敷地の中央近くに丸に十字の印を付けていた所を指して、父は言った。

　父が唐鍬を振るい、私はスコップで掻き出した。２人が掘り出した真新しい土が赤黒く変色した地面の上を、少しずつ覆って行った。

完

あとがき

　この作品は私が小学校５年生１０才の時、和歌山市で遭った空襲の体験記である。

　１７才頃から私自身と家族の記憶を書き留めたり、図書館で戦災前後の新聞記事を書き写したりして準備を始めた。

　２６才頃から戦災前後２年間ほどの生活記録として書き出したが、途中で挫折し、その原稿は３０年以上押入れの中で紙屑同然の形で放置していた。

　電機会社を定年退職しもう１度読み返してみると、父母の悔しさと憤り、苦闘に涙した。そこで改めてＮＨＫ学園の自分史講座「体験記」に投稿して、表記その他の添削指導を受けた。

　国が戦争に負けるということはどういうことか。

　家を焼かれた人達はその日から、人間の尊厳をかなぐり捨てて、食を求めて走り回る鼠と化する、嘗てこうした鼠の島が日本全国各地に存在した。

　戦後７０年、その間の諸科学の発達は目を見張るものがありながら、未だ戦争という人類最大の愚行廃絶への道筋が見えず、世界各地で私達と同じ境遇に突き落とされる家族が後を絶たないことに心が痛む。この度日本文と、世界共通語の英語文で同時に発表した意図はここにある。

　刊行に当っては、挿絵を描いて戴いた中丸きぬゑ氏、英語訳の支援をして戴いた辺見希久子氏、訳文の監修をして戴い

73

たハウディ外国語学校の森本　毅氏、Mr. Jeffrey Bowyer, Ms. Louise Salisbury, 出版に当っては、牧歌舎の竹林哲己氏、吉田光夫氏の各氏に、大変ご協力ご支援戴いたことに心からお礼を申し上げる。また長い間、陰ながらこの刊行を支えてくれた妻と家族にも心から感謝している。

　読者の率直な感想を心待ちにしている。

２０１５年６月

楠　山　雅　彦

◎和歌山市の空襲被害状況（1945 年 7 月 9 日）

　死者 1101 人以上

　傷者 4438 人以上

　全焼 27402 戸

（出典：和歌山市立博物館　和歌山大空襲の時代）

●英文編●

A Ten Year Old's Experiences During the Bombing of World War II

The Rat Island

Written By

Masahiko Kusuyama

Introduction

Looking at a picture of Sounan Elementary School before it was burned down by the air raid, I had a very strong impression. That was of Mr. Kawasaki who was my 4th Grade homeroom teacher. He was physically very strong because he came back from the military service and took care of both my class and military practice for children.

His philosophy of discipline and education was that everyone would be held responsible for an individual's bad actions. He also taught us to participate in Mitama-shizume, a ceremony in which students sit straight and meditate to calm down.

As for discipline, when somebody or a group didn't behave well, that would be everybody in the class's responsibility and everyone would be punished. Immediately all of the students would have to put their desks and chairs in the back of the classroom so that the students could sit straight on the floor and reflect on their past conduct. He was a strict disciplinarian. But when he had extra time in class, he told us the ongoing story of Peter, and the students liked it.

One day during music class in the gymnasium some students were wild and the music teacher told Mr. Kawasaki. He told the students to sit straight on a concrete floor outside of the hall instead of on the wooden gym floor.

There were some hydrangeas blooming and from the kitchen the smell of soy soup was coming out. I still remember how hungry that made us, because it was before lunch.

The war was getting worse and some soldiers from our school area died. We older students were called on to receive the spirits of dead soldiers. We lined up on both sides of the street to salute the hero's spirit. The family members supposedly carried a jar of bones, but there were no bones in it, only hair or nails, people said.

After the family walked by, we, several fellows, couldn't keep from laughing when we thought of that rumor, and we started snickering.

After we went back to school it was awful. Whoever had laughed during the saluting was punished by having their face slapped by Mr. Kawasaki. We had to stand in a line in front of the class while biting down hard on our teeth and standing firmly on the floor so that when he slapped us it wouldn't hurt so much. After that all of the students were followed up by Mitama-shizume.

In 1945, Showa 20, students were practicing to become pilots. There was some metallic rolling equipment on the playground that we used to acclimate pilots for dizziness. The height was for older students but we younger ones had to use it anyway. But there were a lot of air raid warnings,and there was little time to practice. Later the field became a vegetable garden due to the hands of all students, teachers and staff. This was the scene of the school in March, the spring of that year.

1. Caught Off Guard

The paths between the sweet potato fields were the last place left at school for students to run. The whole schoolyard had been turned into fields. Every available inch of playground had been put to use growing vegetables. Some of us boys were assigned the task of watering the plants after school.

'Hey, Kus! (my nickname) Haven't you finished yet?'

It was Tochino who called out to us. If someone in our first class of fifth grade was complaining, it was usually him.

'O.K. Let's quit for the day.'

Tsumura, who was famous for his unsuitable jokes in our class, shouted back and agreed with him at once. Now that they had an excuse, the other boys all began to leave the fields to head back to school. They entered the classroom and threw the gardening buckets into the equipment box with a loud clatter.

'Last time we harvested lettuce, the teacher told me to bring five or six buckets full to the teacher's room. I saw him pick out his share as well as a share for the music teacher.' Tochino talked on without pausing for breath.

'I'll bet they are more than just friends,' Tsumura answered precociously with a smile.

'So we don't need to work hard like Kusuyama,' Tochino

said. Referring to the teacher,I defended myself.

'Yeah, but who gets in trouble if the work's not done,right? It's me! The teacher said I was in charge!' I answered, unwillingly, with a little blush on my face.

'Anyway, let's go home. Hurry up. You remember the day before yesterday, Kainan was bombed by American planes. And no one has a clue when or where the next air raid will happen.' Kainan was our neighboring city.

With that said, Tsumura began pestering us to go home, so all the boys quickly left the room with their air raid masks and cloth bags full of textbooks.

On that day, July 9, 1945, I left by the school gate of our elementary school, then known as Sounan National School, and said goodbye to my classmates and headed for home alone.

I remembered back to one winter morning earlier in the year when my neighborhood friend, Gen, and I pried off a thick round piece of ice with a small, sharp pointed stone, from the surface of a rain barrel, which was being prepared for fire fighting. The road sloped gently downward from Sakanoue-cho where our school stood. The municipal commercial school sat on the left side of the road and a deep gutter of about 70 centimeters wide separated the school fence and the slope. Like a bicycle wheel, we rolled that piece of ice down the slope laughing and enjoying ourselves.

I entered Kita-Ushimachi from the corner of the fish market in Nishinaga-machi, and then passed Miyao's textile dyer. The owner had been a close friend of my father's since their elementary school days. Of late, empty earthenware dying pots had become a suitable storage for sweet potatoes. I had often stood in line for rations here for my mother on the days our neighborhood received their ration distributions.

There was a house that sat diagonally opposite from ours. It was the house of a masseur named Mr. Senzaki, where he lived with his wife and his elderly mother who was down with decrepitude. Directly opposite was Mrs. Horimoto's house. She lived there with her two children, one of whom was an older boy I had often played with. But he left Wakayama junior high school without completing the course, and applied for an air force training program known as "Yokaren" for junior trainees. And he was enrolled there at that time.

We lived in a small nine meters square rented house that faced north. It was located at the east end of Nishi-Kawagishi-cho, and a narrow alley leading to Minami-Ushimachi that passed between us and the western end of Kita-Ushimachi.

'Hello, I'm home!'

I jerked open the lattice door at the center of the house.

We were a family of four, my Mother and Father, Eiko my older sister and myself. At the time my father was working for Wakayama District Lumber Company in the city (the national policy's company in that time) with Eiko. Earlier he had closed his own lumber mill at Aogishi at the mouth of the river that ran through the city. Over on the Beach Side Street of our town, was the lumberyard of this company, where our neighborhood's air raid shelter was located.

'Wash your hands and come on in now!'
Father said hurriedly. So I entered the house, put my cloth bag and air raid mask on my desk in our six-tatami-mat room, and went through the kitchen down to the well, where I washed my feet, hands and face.
Then I stepped up into a three-tatami-mat room through the kitchen and sat down at the dining table. The usual routine of potato porridge and wakame (seaweed) had already been served. At the time we were eating pretty much the same meal every day.
'Eiko, won't you ask Mr. Shimada once more?'
My Father said hesitantly to my older sister.
'No, Father, it's embarrassing! We work in the same section and we often talk. But I only started working there recently. I can't ask him to keep our belongings for us.'
The topic seemed to center around evacuation of our bedding

82

that filled a large oblong chest. My Father was desperate to move it to Mr. Shimada's house.

'Shall I try asking my older brother's wife if her parents' could store it?' Mother interjected.

My mother's parents lived in Ono-machi. My grandmother was still alive at that time, but lived with her eldest son and his wife from Arita country. He had assumed the position of head of the house, as was the custom. They had already stored several trunks full of our clothes. Things we wouldn't need for some time: kimonos, summer clothes and even jacket and shirts of our late grandfather. I remembered this as I also had my own pepper-and-salt patterned summer clothes in those trunks at that time.

'Hmm. I'd rather you didn't.'

He seemed to be hesitant about asking favors from my mother's family. He went to the next four and a half tatami-mat room to turn on the radio but looked rather sullen. Just then the seven o'clock news came on.

'Around eleven o'clock this morning, some forty enemy fighters flying in formation, including P51s, came up from the southeast direction out of the Kii Peninsula.........'

In those days, this area of Wakayama lay on the direct route for the invading planes heading on bombing missions for the Osaka region. Almost every night we were awoken by sirens alerting us to an air raid warning. Because of this we seldom slept well. We found ourselves doing odd things, like stopping foolishly to get a look at the enemy planes and standing at the entrance of the air raid shelter in the daytime. This behavior probably showed that we weren't thinking clearly due to a lack of a good night's sleep. We acted indifferent to everything.

Two nights earlier our neighbors were eye-witnesses to the bombing of the Maruzen Petroleum Company in Kainan when the place ignited into a incredible pillar of red flames. They knew only too well they must either complete the building of the half-finished shelter to store their clothing or send their clothing to a safer location.

After dinner, I went to my desk as usual, emptied the bag of textbooks and notebooks, chose what I would need for the next day and put them in order on my desk.

'Hey, take the old futon (bedding) out of the closet. If we have an air raid tonight, I'm going to throw them into the well to keep them from burning,' Father muttered to our mother.

I heard Eiko's voice coming from the six-tatami-mat room next to the entrance hall when the news had almost ended.

84

'Daddy, I hung up the mosquito net in here. Why don't we have a good sleep while we are free from the air raids? Masa-chan, shut the front door.'

When I closed the big door inside the lattice door, it made a squeaking noise on its hinges. I silently latched the wicket door with the bar. Stepping up to the three-tatami-mat room, I saw my mother filling two rice cookers with water for rice gruel. This would be tomorrow morning's usual breakfast. And then Mom and Eiko began to cram our respective cloth bags with rice, summer shirts, socks, tabis (Japanese socks), and changes of women's working pants. This was their daily routine. Having finished it, they put these bags at the side of their beds together with air raid masks.

It was probably eight o'clock when we had climbed into our mosquito nets to sleep. After a short sleep, I thought I had heard the faint sound of a siren. Out of habit I unconsciously groped around for my air raid mask, which was somewhere by my bedside, and was fully awake when my fingers finally located it.

'I'm wondering if I should put on three pairs of working pants to keep from being burned by fragments of the fire bombs. What do you think?' Eiko said.

'Whatever you think,' Mom replied.

85

Clothing was the concern of the women. Our father, who was already wearing his national uniform and had his air raid mask in hand, switched on the radio that was on the chest of drawers. It was reporting a preliminary alert and, as always, information for the army Central Division. I chose a dark gray shirt with short sleeves and dark blue short pants. Then I went into the three-tatami room and sat on the crosspiece of its entrance to put on my brown puttees. Father, who wore rubber soled socks, which separated his big toe from rest, had put on his dark green puttees. He managed to get past me and went out through the wicket door.

'Mrs. Senzaki, Mrs. Senzaki, did you hear the warning alert?'
He was pounding on the glass door of the house diagonally opposite us to wake them up. Our mother took a dark blue mattress out of the closet and put it beside the light brown blanket which I usually used to prevent the night's chill. With a rustling sound Mother and Eiko appeared to be packing something into another cloth bag in the six tatami room.
'O.K., everything's ready. Call Daddy back, Masa.' cried Mother.
Mother put the cloth bag and the brown suitcase under an

electric lamp with a deep hood in the three-tatami room, whose window was covered with a thick curtain for the blackout.

My Father was continuing to talk with Mrs. Senzaki in a loud voice at the door of her house when I went out through the front door.

'You say so, but I can't go off and leave the old woman alone. She has insisted on staying in her bed,' said Mrs. Senzaki.

'Well, let me see. At her age a person turns a deaf ear to everyone especially if they try to persuade her. No, won't be any use. She'll probably be O.K. Wakayama is a rural enough place to take a chance. You could come to the beach with my family. You could cool off from the heat. How about that?" said Father.

Mrs. Senzaki agreed.

'All right then. I'm going to fetch my extra air raid mask.'

Mrs. Senzaki, who in her latter years was fat and sensitive to the heat, had now changed her mind and was now walking into her house, waving a paper fan preparing to join us. Our father returned to the front door.

'Listen!' said Mother, 'I prepared the suitcase and put it at the entrance of the three-tatami room. The sheet for this futon and your underwear are in it. And I didn't forget to cram 1.8 liter of rice in there as well, all right?'

Mother gave our father these messages rapidly, and he nodded.

I noticed that Mrs. Senzaki was still waving the round fan around but had finally come out of the house and joined us. So after putting our bags on our shoulders and picking up our air raid masks, mattresses and blankets we headed for the shelter at the beach.

'My husband has been to the country to look for work. I hope he finds something, but he's been gone since yesterday. My old mother-in-law said if the house caught fire in the air raids, she would go by herself to the shelter in our house. So that's why I finally left her and came here,' explained Mrs. Senzaki.

'Good evening. Excuse us for being first.'

It was Mrs. Horimoto and her daughter who called out and went on ahead. Both their hands were full of parcels covered in furoshikis (a square piece of fabric used for wrapping). Mrs. Horimoto was also carrying a long thing covered with a furoshiki on her back.

Mother and Mrs. Senzaki were talking.

'Isn't that her son's Japanese sword?' said one.

'Well, people say a soldier in the Kamikaze squads must

wear it whenever he drives his plane into the enemy warships.' said the other.

The Horimotos turned left at the corner of Beach Street and disappeared from sight. They seemed to be in a hurry to go to another shelter somewhere else.

We went straight through the rows of houses along Beach Street and hurried along by the wire fencing to the lumberyard that was next to the beach.

2. The Waves of Shining Sand

There were vast pumpkin fields outside the wire fencing, where about ten pieces of the dark unripe green fruit had begun to grow. Four air raid shelters were right behind the tear in the fence. They were almost filled up with people. The shelters were all magnificently named, although their structures consisted of just a long narrow hole dug in a sandy place. They accommodated dozens of people without even a cover on its opening.

'I'm worried' said Aunt Senzaki.

She sat down near the entrance of the closest shelter, and kept talking.

'It'll be safe! They're sure to call off the alert in about two hours.'

Mother soothed her repeatedly. After that, they chatted loudly about a number of things.

My mind drifted to how someone had buried pots in which pickled Ume (Japanese apricot) was stored. They were under the ground beneath the veranda of the house. Then I thought about what emergency food to bring next time, and then about the recent refugees from Osaka whose houses had been bombed and who were forced to evacuate carrying big and heavy household items.

Quite a long time passed . I must have dozed off because I was awoken by my mother who gave me several digs with her elbow. I thought I heard the roaring of enemy aircraft again.

'Sounds like enemy planes,' someone else said. People in the shelter began to come to life , and a buzz went around.

'Lie down! Lie down!' Mr. Kawada, a member of the civil defence unit and Gen's father, shouted out.

I was held round my right shoulder by Mother and lay down there, covering my eyes and ears with both my hands. As I lay down I became flustered, I thrust my whole face into the sand which stopped me from breathing. I removed my hands. A roaring sound was suddenly descending. Something exploded in a flash over our heads. It astonished me and when I looked up at the sky, a big white lump of fire seemed to be floating in midair to the north east, scattering sparks all around incessantly. It became as light as a bright summer day.

'What is it?'

'We are in full view! They'll see us!'

Almost all the people in the shelter sat up and were gazing up at the white fireball without a clue as to what had happened.

91

Immediately we heard a low engine roar and the whizzing fricative told us something was falling. Mother pushed us over on our backs and laid on top of us, but nothing happened, and the sound of the enemy planes died away in the distance.

'Look! The eastern sky is all red,' someone shouted. 'That one definitely hit something,'
During these conversations, we heard many vibrational type sounds from some unknown source, one after another.
'Cover your eyes and ears with your hands and pray to Grandpa to help us!'
I followed mother's advice and covered them praying to the spirit of my grandfather who had passed away four years earlier. But soon I uncovered them, thinking rather stupidly that covering my eyes had somehow caused the explosions.

'There are fires in the east.'
We were able to see one large fire rising up over the roofs of the houses along Beach Street.
'The air attack we've feared all along has begun. What should we do?' Eiko asked.
'There's nothing to do but to stay here,' Mom replied.
'What's happened to father?' asked Sister.
'We wait for him here,' Mother said with authority.

'Grandma will be killed by the fire!' Aunt Senzaki cried.

She left the shelter and went back half-crying toward her house, accidentally dropping her round paper fan, elbowing her way through the crowd of people who were fleeing in the opposite direction with their household effects. The fire was making its way to the houses along Beach Street. The flames crept along the eaves, the ceilings began falling in, Shoji-gami (paper on sliding doors) started to burst into flames and we could see more flames and smoke rising up from the edges of the roofs.

'Ouch!, ouch!'

There were some others who began to panic and flee out of the shelters.

'Let's get out! If we stay here, we'll be killed by the heat.' Eiko said, and she pestered mother and I to get up. As soon as she looked to the east, she cried out, 'Oh, my God.' And then she squatted down on the spot, putting both hands over her eyes.

'I think it's more dangerous to leave than to stay, don't you think?' said Mother.

She peered into my sister's face anxiously, and placed both her hands on my sister's hands.

'Let's make a dash for the shore! It's about the same whether we stay here or go out. Let's hope luck is with us tonight. Let's run!'

I snatched up the round paper fan at my feet. With my mother and sister each holding one of my arms, we made a dash toward the shore. I felt as if I were flying in the air on the bright white waves of sand lit up by the fire. The futon and blanket that Eiko and Mom were holding, fluttered behind us as we ran. I had the illusion that we were going toward the fire rather than away from it. We ran as far as the other side of a slightly elevated dune and were almost to the waterside. We stopped for a moment as the fire abated a little. Mother dipped her towel in the river water and cooled Eiko's eyes with it. We crouched behind the dune covering our knees with sister's blackened futon and Mother's blanket. It was only now that we could feel the cool air of the sea. But the cool air soon felt cold, and my teeth began to clatter together.

'I'm going to get warm.' I said.
I tore myself out of my mother's grasp and ran up the dune alone. The houses lining Beach Street were falling apart as they burned, the plaster on the walls had torn away, and the woven bamboo in the walls had broken and was burning briskly. The fire was so intense that I was unable to keep watching and turned my back to it. After a little while, my back felt unbearably hot so I rushed down the hill. But this time the cold had become worse than before. Before I knew

it, my mother and sister as well as many other people were busily running up and down with their backs to the fire, caught between a scorching inferno at the top of the dunes and the bitter cold hell down at the water's edge.

After who knows how long, the whizzing vibrations grew quieter, the roaring sound, however, never went away.

'Look up on the bridge!'

We saw evacuees from the inner city on Tsukiji-Bashi Bridge that connected the mainland with Nezumi-jima Island (Rat Island). They were running about in confusion in an attempt to escape, their actions resembled a revolving lantern.

We heard a loud bang from the southeast, followed by a cloud of black smoke that was rising ominously.

'It's Nihon Yushi (Japanese Oil & Fat company). It's been hit,' said someone.

After another big bang sounded, a succession of flames followed by inky black smoke rose up and then something like bright red chopsticks were pumping up through the smoke and high into the sky.

'What in the world are those?'

'It's the lumber.'

'How awful!'

95

Forgetting the immediate task at hand, everyone began busily discussing what was happening without a thought to their own safety.

My sister, who was standing next to me, said, 'That is Mrs. Horimoto, isn't it?' as she pointed out a woman in the crowd who had escaped from the fire. The two Horimoto women, now with dishevelled hair and carrying their air raid masks, were walking, stooped over, holding the package containing the Japanese sword in their hands. The cloth-wrapped parcels they had been carrying seemed to have disappeared. 'Mom, is Dad all right?' Sister said opening her eyes wide. Her eyes seemed to have become dazzled by something.
'I can't tell,' mother answered looking around the crowd anxiously.

For almost an hour we three were looking for him in the crowd. Finally, we found father wearing the air raid mask and hanging a bag in the distance. He was shouting something loudly, his face was black and sooty.
'Dad, here we are!' Mother shouted and waved both hands.
'Are you all right?' asked Father.
We all ran together and embraced tightly.
'Eiko seems to have a problem with her eyes from the smoke and fire,' Mother answered.

'Don't worry about it. It's not serious,' Eiko said.
'Do you know how our house fared?' she asked him.
'It completely burned to the ground. It received a direct hit.
I barely escaped with my life.'
'We suspected as much,' said my sister.

He related the story of what happened.
'I piled up the futons on the veranda by the side of the
well, and thought I would throw them into it in case of an
emergency. So I was sitting on the veranda waiting when
suddenly the sky lit up, and I heard that strange whizzing
noise and felt the vibration. I instantly knew this was a
dangerous situation so I crawled away and somehow got to
my room. My backside felt hot. I thought that perhaps the
skin had gotten exposed to the heat. When I happened to
look back to the very spot I had been, it was now in flames.'
He went on, 'Looking through the three-tatami-mat room,
I could see the kitchen had also been hit and was already in
flames. I then rushed out of the entrance. There I looked
around to see that only the alley and its south side were
not burning. I ran through the alley to Minami-Ushimachi.
I could see to the west everything was already in flames.
There was no choice but to escape eastward. I jumped into
the cistern, got wet and ran southward. I ran through the
fire and came to the wide street in front of The Prefectural

Office.   From there I could escape westward. I ran along
the riverside from the foot of the Tukiji-Bashi Bridge and
managed to make my escape,'
Father rattled on in one breath. Glancing at him, I noticed
that his rubber-soled socks and puttees had gotten muddy.

'.......... We have no house to go home to anymore, do we?!'
Sister sighed deeply and pounded his chest repeatedly with
both hands.

'You couldn't bring the suitcase that I put beside the
entrance. Could you?' mother asked him.
' No, no. It was impossible to get it. There wasn't a moment
to spare.'
'Well, while there's life, there's still hope,' sister said,
pressing her red eyes with her hands.
I happened to notice Tsumura, from my school class,
standing on the top of the sand dune a ways off and staring
at me.
'Mom, I'm going to talk with a friend for a minute,' I said,
breaking into a run.

'How your house ?' I asked Tsumura.
'Oh, it's gone. I poured water over my head and ran to
escape through the fire. I thought everyone in our class

98

must have died in the fire,' Tsumura said, his upper lip quivering from fear, remembering the ordeal.

'Me, too. Did you bring your textbooks?' I asked him.

I was interested to find out, and it was really why I came over to talk to him.

'No, everything was burned up.'

Hearing it, I felt relieved. When school started again some day in the future and the teacher asked if anyone's textbooks had gotten burned in the bombing, at least there would be one other student who would raise their hand.

I heard Mother calling me.

'See you.' I said to Tsumura.

By the time I returned to my family, the city was not much more than a charred and smouldering ruin. The fire was burning itself out now. Around the air raid shelters, scores of people were taking boards from the lumberyard to make a shelter for themselves.

'It will be damp soon when the sun goes down. Let's go down into the shelter. We don't want to catch a chill. That would be bad for us.' Father said.

We began to walk, father having the mattress and mother the blanket. The air raid was already over.

3. Ashes and Rain

Gradually the sky grew lighter. Everyone in the shelter was sitting hunched over to keep from banging their heads on the planks lying over the top of the trench. We sat directly on the ground without any carpet. We were all chilled to the bone in spite of the summer temperatures. Many of us had rumbling stomachs as a result. Others coughed from the smoke.

Father, being unable to tolerate another moment of the oppressive low ceiling, left the shelter and I followed. The moment I was out of the shelter my nostrils were accosted by a terrible stink that made me think of burnt human waste, and I found a strange smoke in the air. I covered my eyes and nose with my handkerchief. All this made my eyes water. I was able to open them slightly when this subsided. Before me was a scene enveloped in a thin mist. I saw fine ashes that seemed like they would melt instantly if we touched them before falling to the ground.

The storehouses remained standing although their white walls were parched black. Brick walls were missing corners that had been blown off from direct hits from the bombing. In places, telephone poles were burning as they dangled in midair, suspended from the wires they were intended to support. The houses were missing from what had just been a heavily populated residential district. Now there were just piles of tile and wall mud plaster. A sun the color of blackened blood began rising through the ash and mist.

'Taka,' a man called out my father's nickname, short for Yukitaka. We turned to find Uncle and Aunt Miyao and their son behind us.
'Thank God you're safe.'
Father and Uncle Miyao shook hands with each other and made small talk. They shared stories about their escape from the fire and about the incredible speed of the fire that threatened to overtake them. They both spoke of abandoning baggage along the way to lighten their loads.

The inhabitants of the shelter began to come and go with greater frequency now. Mother and sister finally appeared outside. The smoke had now thinned slightly and transformed the color of the sun into yellowish red.
'The Castle hasn't fallen, has it?' someone inquired.
'The Fire House tower is still standing!' another one said.
We overheard other grown-ups make vague comments as they looked out over the ruins of the fire.
My Father was talking again in a hoarse voice, 'We scanned

101

the area. The only buildings to the south along Beach Street that survived the fire were Mr. Kinrin's barn, a police box over there and that next two-story house. What a miracle these are still here when everything else burned!'

'The north hasn't fared well either. The charcoal dealer to the east of the lumber yard office is an inferno now,' said Uncle Miyao.

"People are trespassing on this side of it and digging up half burned white radish pickles on the ruins of Nakakuma Timber Mill,' Miyao's son told us.

'We should too, don't you think?' said my Father.

Father invited two of the Miyao men to go with him. They started off in the direction of the mill.

'What a greedy thing to do! my sister frowned disapprovingly.

'Ma'am, I heard the person next to the police box will allow us to cook rice there. Would you lend us just today's ration? We have 36 liters of rice buried under the ground. I promise to return what you give us tomorrow after we dig it up,' Aunt Miyao asked my mother. Mother looked a little embarrassed and asked me to run and get my father. I hesitated a moment and then went to call him back.

In the area surrounding the Nakakuma's yard not one house was standing. People had gathered around the area where seven or eight giant barrels of white radish pickles were buried. Some of these people had wasted no time in using burnt sticks and boards to begin removing debris of burnt wood and digging up what turned out to be the source of the peculiar stink. Father returned with me and had a quiet discussion with my mother.

'That's not a problem, is it?' Father said.

'But we were only able to carry enough from the house to last us a week. Two sho (3.6 liters) of rice are all. After that ...,' Mother's voice trailed off.

'That's all right. Just cook it and we'll all eat together.'

Father concluded it and returned to the Nakakuma's yard, the women left to cook and I was left to be responsible for my family's few remaining possessions in the shelter. I must have dozed off because the next thing I knew, I heard several voices and woke up to find lunch ready. Mother told me to wash my hands, which I did at the riverside and came back again. I found rice balls and chopped pickles in a bucket there in the shelter.

'Even beggars have chopsticks and rice bowls at least. We don't even have them. Let's all eat lunch with five fingers.'

Uncle Miyao said and opened right hand wide, showing an embarrassed smile on his face. We grabbed for the food with our fingers.

103

The body of a man laid on a stretcher made from a burnt tin sheet and was carried into the next shelter. The shelter was in a buzz.

'I heard he was burned to death while standing at the entrance of the shelter in the south. None of the other family members noticed it had happened.' We overheard someone's voice.

I took a glance at his face, which was swollen and purple, and his arms which were burnt black, but his palms were as oddly white as snow. Instantly I felt nauseous and my knees began to tremble uncontrollably.

In the early afternoon, information from our neighborhood association said there would be a rationing of ship biscuits at the auditorium of The Higher Normal School that had somehow managed to escape the fire. Taking advantage of this, my father and sister set out with the father and son of the Miyaos. When I saw them off, I noticed Aunt Senzaki staring vacantly into the ruins still with her hair dishevelled. As they walked off, only my father among the group had gone out of his way, detouring around behind her to avoid meeting with her.

Aunt Miyao and Mother got back into the shelter with the low overhead boards crowding us in. They wanted to get out of the sun as it began to get hotter! But I hated staying under such a low ceiling. So I went alone outside and played a make believe game of Sumo wrestling. I had found Sumo-wrestling-grass (Eleusine indica) behind the pile of rectangular lumber. I tied two blades of grass in a bow, and gave them a strong pull to both sides with my hands.

Some time later and without any warning, a roaring sound reached us, and immediately a Grumman fighter passed low. So low that I could clearly see the face of the enemy in the cockpit. He was wearing eye-glasses, and I was sure he sneered at me as he went by. I was frozen to the spot. It then veered up and flew away to the north without any further incident.

'Hurry up! Come get inside, now!' Mother beckoned me repeatedly from the entrance.

I jumped into the shelter without knowing what I was doing. 'You should have stayed inside, even if it is extremely hot in here. Stupid boy!' Mother poked my head many times with her fist.

'It seemed just a reconnaissance flight. It was lucky for us, wasn't it?' Aunt Miyao said.

Around four thirty, those in charge of getting the rations returned.

'The ration for each person is half a bag, someone ordered.
I got four bags with Eiko by telling them we are a family of
four. Cheeky guys like Mr. Kihei (Kawada) stood in the line
many times and got even more, ' Father reported.
'You must have had some difficulty getting to and from the
distribution center, ' my mother said by way of appreciation.
'No, rather than that, standing in line was much harder, you
know,' sister said with a weary look, 'because everyone was
pushing and shoving. I felt I would suffocate from being
pressed by the mob.'
Uncle Miyao added morbidly, 'We saw black and burnt dead
body after body on the way. Their clothes had burned away
leaving them naked. Some of them were only two or three
steps from the fire cistern.'
Sister opened a bag of biscuits for me. I crammed a few of
pieces of them into my mouth, which tasted extremely sweet
and were quite possibly the most delicious biscuits I had
eaten for years.

Next, the adults started to talk over where we should sleep.
Father proposed we form a narrow triangular space by
sliding about 2/3 portion of the piled lumber horizontally in
a carpenter's measure shape (L-shape), and then carrying
many boards out of the top of the shelter and leaning them
against the pile obliquely. Four men began to work together

on the project.

'Let's have a meal while the sun is still up.' Father
suggested.

Everyone, of course, agreed with father. He walked quickly
across the metal fence, and came back holding a dark green
pumpkin in his arm.

'Oh, wait. We can't eat this. This is someone else's, isn't it?'
Mother held up her hands in protest.

'It's not a normal situation now. We'll pay back later if
there's a problem,' my father replied.

'My family will share the price with you in that case,' Aunt
Miyao said.

The disagreement between father and mother seemed to
dissipate thanks to Mrs. Miyao's intervention, and the three
women went off to cook.

A dinner of biscuits and pumpkin began outside the shelter.
The tough skin of the unripe pumpkin with the melting
pulp made a crunching sound in our mouths as if to protest
our thievish action. We had almost finished the meal when
it began to rain, gently at first, then harder and harder. A
wind came up from the sea so that people a mere ten meters
ahead were lost in the mist.

'Let's get inside,' someone suggested.

I first covered my shoes, the round paper fan and my cloth
bag with my air raid mask so they wouldn't get wet. Then
I climbed up to the triangular space taking them with me.
Since the leaning boards over the L-shaped space touched
my head and toes, it was absolutely impossible for me to lie
down.

'How do you think Grand-ma in Ono-machi is?' Mother said.

'I don't know.' Sister replied, but there was no response from
Father. He kept silent.

The rain became stronger and stronger, causing rainwater
to leak relentlessly from gaps between the boards.

'It's long been said a heavy rain comes after a big fire.
Apparently true,' Uncle Miyao told us in his well bred
language.

'I have a chill,' Sister complained in a shaky voice to no one
in particular.

'Would you come with me to the lumberyard's office and see
if they will provide us with an overnight stay?" My father
asked Mr. Miyao and they went off.

After their successful negotiation, only father, who was
soaked in rain, came back to us.

'Fold up the futons and blankets as small as possible to keep
them from getting wet.' Mother said, 'Ready? Let's go!'

At Mother's cue, we frantically dashed off to the office in the heavy rain. There was an old night guard on duty in the office.

'Only the family of the charcoal dealer in front of the office and I can use this room.' the old guard said. 'You can spread out your bedding on the desks or the floor to sleep, but under no condition are you to touch any documents. They are secret army documents. So don't even think about it.'

We arranged five desks to place our wet luggage on. Sister sneezed two or three times.

'Hurry up and change your clothes so you don't catch a cold,' my Mother commanded.

When we had changed our clothes, after being hurried on by our mother, Uncle Miyao returned and said,'You'd better dry your wet clothes by that charcoal fire across the way.' Then he added, referring to the enormous charcoal fire, 'That charcoal fire is more powerful even than this rain!'

I also, joining the adults, stood under the eaves and dried dirty, wet puttees caked with sand from the rain. The rain falling above the open fire was quickly reduced to a vapor which blew back up and into the sky.

4. Relocation after Relocation

My legs, hanging down off the edge of a work desk, felt strangely dead. The feeling had woken me up to find everyone had already left the office. I noticed that it was a nice bright day. I got down off the desk and stood on the floor, quickly putting on my clothes. My trousers were dried crisply, while my canvas shoes were moist with a watery mixture of sand. I noticed that about ten sets of rice bowls and disposable wooden chopsticks, and a large spoon made of shell and bamboo had been placed on the tatami mat in the night watchman's room.

The mountainous charcoal fire just outside the office had finally been defeated by the rain. A haze was created out of the hissing white steam from the embers in the bottom that still retained heat. The silhouettes in front of this bright haze turned out to be my sister and Aunt Miyao who were busy salvaging still warm charcoal with wires they had bent to this very purpose. They were putting them into a strangely shaped metal container after having doused them with water from a half-crushed bucket. The container, stubby and pencil-shaped in style, was a pale grayish blue of about thirty centimeters in diameter.

'Good morning. What's this! Must be the hollow shell of a

fire bomb,' my sister said in one breath.

There was a thick black smoke coming from the other end of the office building. I made my way there to investigate. When I got there, on the top of a cooking stove was a queer looking metal rice cooker. The cooking stove was composed of a burnt metal which could hold about 18 liters of rice, with hollowed out holes on the top and side. On the top of the rice cooker, acting as its cover, was placed a burnt tin sheet. The cover had been put on at a slant. Mother threw about three 1.8 meter long charred posts for fuel into the fire door and fanned the fire repeatedly with the very fan I had saved from the rain the previous night. This was going to be breakfast.

Mother explained that the bombing the night before had made the damage to the pot. Mother raised the lid by holding it with the end of a towel and showed me the chipped pot. I was amazed at the power of the fire to melt the cast iron. To think father came back unhurt from such a dangerous place, he must have been unbelievably lucky.

Mr. Miyao and the others including Father, came back from the ruins of the fire, and we all had a late breakfast. Unburnt dishes from the night-watchman's room had been dug out from Mr. Miyao's shelter. We borrowed them to slurp down a thin rice gruel, savoring the few grains of rice which were waiting like treasures at the bottom of the bowl.

'Masahiko, please go with your sister and see how things are going at grand-mam's,' my mother said eyeing my sister and me eagerly for our help.

We left the office, taking only our air raid masks.

'Watch your step. You must get under cover and lie down in case of an air raid. Do you promise me?' Mother called out as we started our journey.

We passed houses that were untouched by the bombing in the part of Zaimoku-cho (lumber town) and then entered the part of Amiya-cho (fishing net dealer's town). The rice-cake machine stood immobile in a heap of twisted metal, looking just like the shape of the rising piston of a train. It stood in the ruins of the very rice cake shop where my grandmother had always bought chestnut buns for me when she came to visit us. Our route lead up a hill where every house on that side of the beach had only its foundations left. It made me think of big square measuring cups made of bricks because burnt tile and plaster had collapsed into what looked like those squares.

'Are you the relatives of Mr. Santo (Mother's father)?' A swarthy man said, putting his head out from a shack which had burnt tin sheets functioning as a roof.

112

'Yes, we are. And?....'my sister was going to say.

'Grandma and Mr. Seitarou's family are all safe. They left for Sekido in Wakaura yesterday evening. A relative of theirs came for them,' the man informed us.

'Thats good,' my sister replied.

Sister expressed her thanks, and we both jumped for joy.

The atmosphere in the office was noisy and strange when we returned. Everyone seemed uneasy due to Mother's account, which was made as soon as my sister had reported on the Ono-machi relatives,

'We are going to be evicted from this office because someone who worked here has been burned out just as we were, and they counted on being able to sleep here,' Mother said anxiously.

Around midday, Father came back, wiping his sweat from his brow.

'I've arranged for us to stay in Mr. Kinrin's barn. I had a talk with Kihei of Kawada.'

Mr. Miyao told us that their new accomodation was a concrete shelter that was sturdy enough to hold up as long as there was no more heavy rain like yesterday's. So we parted company. On our parting, the Miyao's gave us 1.8 liters of rice, four sets of chopsticks and rice bowls, as well as a ladle made of shell and bamboo. Mother bowed and repeatedly expressed our gratitude to Mr. and Mrs. Miyao.

That afternoon, we moved into the barn. We took all our possessions to the new location: futons and blankets, one cloth bag each, the fire bomb shell with the charcoal, the chipped rice cooker and its substitute lid of burnt sheeting, the rectangular 18 liter can that served as our stove, a few dozen pickles, and a paper fan.

The size of the barn was about nine meters east to west, and about seven meters north to south. It had a narrow strip about 0.9 meters wide under the south eaves where charred bits of wood had been collected after the fire and piled up for use as fuel. Near the southeast corner, there was a 1.8 meter wide entrance where a big suspended door was hung from the lintel. Going straight to the end through the entrance, there were pyrethrum filled bags of dungarees in the northeast corner, which had been piled up to the ceiling. Gen Kawada was near the top and began playing a shooting game with me with an imaginary machine gun,

'Rat-a-tat, rat-a-tat-tat,' he shouted.

So I joined in and returned the fire, saying rat-a-tat as well.

There was a small room for us in the most inner part of the barn with an equivalent floor space to a four-tatami room. It was covered with wooden boards.

'Wow! This is wonderful! We can finally sleep with our legs

straight out again.'

I was really excited and jumped on the wooden floor. The boards had not been nailed onto the foundation, and I was almost knocked on the head by the other end of the board springing up. Mr. Kawada's and three other families were already staying in this barn. We went around, after Father, to greet each family with heads bowed.

The next day after we began our life in the barn, we received a certification at the police box nearby proving our status as displaced bomb victims. To our mother's great relief this entitled us to a five day ration of rice. Thus we were free from the food worries, if only for a short time.

It rained for the next several days. As we arrived one day later than the others at the barn, our collected firewood was quite damp. Therefore, so much smoke was produced that my mother and sister had red eyes when they were cooking at the entrance. But the two women continued making the rice gruel regardless. They used the round paper fan I had picked up and a bamboo blowpipe made of an old broomstick father had cut. It had been pierced at the joint with the red-hot metal chopsticks. Both women were drenched in sweat.

On rainy days Gen and I played an air raid alarm game on

115

the pile of dungarees. Other times real air raids occurred. Though these were real, they came without any previous notice and brought with them that dreaded roaring sound.

'If a bomb should fall here, then we all would die. But it is our fate if it happens,' I remembered someone saying.

During air raids the adults usually continued talking the same thing to each other and at the same time laying themselves flat on the floor on the ground at the sound of the enemy engines.

During intervals in the rain, Gen and I would play throwing-down-dominoes with burnt tiles from the ruins that we picked up and collected.

One day, Mr. Shimada from Father's company came to comfort us.

'The damage to The Ruins of The Former Prefectural Office was absolute. It's an open space now, so nearby residents who evacuated are temporarily staying there. Fire rose all at once from every direction, which caused a tornado. Stones flew, tile flew, tin sheets flew, and finally even people lying on the ground and a few rickshaws flew up into the sky. The death toll was more than five hundred, and those who survived threw many of the corpses into an assembled heap and incinerated them. This went on day after day. The people involved said that the smell was awful.'

The downtown Mr. Shimada depicted seemed far worse than this beach. My parents and sister carefully listened to the story and repeated many times how lucky we were. Mr. Shimada told us that the company would resume its business in an unburnt prefectural agriculture hall near East Wakayama, and if my father and sister could go to that office, they could take advantage of relief goods. After leaving a sympathy gift and its wrapping cloth, he went off. My mother was deeply impressed with his thoughtfulness in leaving the cloth. On that day I ate sea-weed and sesame covered rice balls with baked eggplants. It was the first time in ages I had eaten so well.

A serious incident occurred again at the beginning of August.

'Are you the representative of this place?' a military policeman entered the barn and directly asked Uncle Kawada.

The policeman slapped Mr. Kawada before he had even finished nodding yes, and ordered us to return the wooden boards and square timbers we had taken out from the lumberyard without permission.

With one at either end, mother and I carried several boards to the lumberyard because father and sister had already gone to work. Now we were only left five or six pieces of dusty, small rectangular timber. The Kawadas and the other three families swiftly secured their sleeping spaces by destroying the mountain of pyrethrum filled dungarees. Mother and I unwillingly sat on the wooden blocks without a word. The blocks painfully cut into our seats, causing us to constantly shift our places every couple of minutes, so as to relieve the pressure on those parts that had by now been reduced to skin and bones. I repeatedly and scrupulously traced the character for "NO" on the ground with my finger then traced it so as to divert my attention from my pain, while mother sat and stood over and over.

It was past four o'clock in the afternoon when my father returned. After discussing something with Mother in the entrance of the barn, he left muttering something and came back around six o'clock.

'Kazizyu from town owns an ironworks at Minato-goten. I heard we can use its newly built annex at night, although there are no tatami-mat or fittings,' said Father.
He looked really happy. In this way, leaving only cooking utensils and tableware made from the utilization of waste material in the barn, we went again to a new accommodation, carrying our food, bedclothes, and daily

118

work articles.

The biggest hardship of this new place was the incredible crashing racket the high waves made breaking on nearby Suikenhama Beach and the great swarm of mosquitoes. Night was always white bright in our room which was floored with boards that had no fittings. The sound of the waves grew even louder as the night wore on. The mosquitoes ruthlessly attacked any face, hands, and feet that were out of our futon or blanket. We slapped ourselves on our foreheads, the backs of hands and our feet the whole night long, as we had neither mosquito net nor repellent coil. Finally tiredness overcame us and we dozed until the dawn of the next morning. We had a quiet laugh when we saw each other's bumpy swollen faces when we woke. They reminded us of the story of the ugly ghost Oiwa.

5. An Errand in Wartime

I had been a bit overexcited since morning. I was supposed to pick up medicine for my grandmother at the Doctor's clinic. One of my cousins, Hiroshi, had come from Onomachi yesterday afternoon. He had come to tell us that my mother's mother and brother were going to return here to what had been their home. My mother, sister and I went to meet them that evening. After some discussion they had put me in charge of the going to Dr. Inoue's pediatrics clinic at fifth block on Komatsubara Street to collect some medicine for Grandmother. The Doctor's clinic had miraculously escaped destruction. As I had frequented the clinic with tonsillitis earlier, it was thought that I would have the advantage of being known to them. Grandmother needed something to shake off her persistent cold that she might not have had but for the stress of the recent bombing.

'How can you send your only son alone to such an extremely dangerous place? I could never make it up to your husband, Taka, if something were to happen.' Grandmother said to my Mother after she arrived.

She felt constraint toward my father and uneasy about my going on the errand alone.

'Well, you remember the delicious bean jam buns she always bought you from the rice cake shop on her way to our house,

120

don't you? Here's an opportunity to do something in return,'
Eiko told me.

'Mother, you don't need to worry about him. He can take
care of himself. He's a fifth grader now and has also
received military training at school. Even though he is still
young, he's ready to fight, in case enemy troops land. He can
fight them with a bamboo spear, I suppose,' Mother said in
an unusually flat tone.

'Before the playground turned into fields, I had the same
gymnastic training as young soldiers of Air Corps have,' I
added.

I was cramming steamed sweet potato into my mouth while
I demonstrated a cartwheel in the small tin shack.

'Since he wants to be a good grandson and is so kind to offer
to go, I think you should allow him to go,' Uncle's word
settled the matter.

My errand was decided in this way. After I had had a meal
of sweet potato gruel, which we had received as a present
the previous night, I wound my leggings (puttee) on,
collected my air raid mask, and left by the exit of the barn.
It was around eight o'clock by then.

'Remember to say she has a fever and a persistent cough.
Be careful not to drop and smash the medicine bottle.
When you receive it from the doctor wrap it carefully in a

121

handkerchief. You'll have to ask someone to let you use their shelter if there is an air raid,' said Mother, giving me all the usual detailed instructions. I remember she seemed especially lost that day when she saw me off.

I turned right at the corner at the police box, and soon came to the main street in front of The Prefectural Office. Rather than wear the protective mask, I hung it over my shoulder at an angle with the cord, so as to be able to hear any explosions should an air raid begin.

I looked around and noticed white ceramic insulators and electric wires scattered here and there. A thick telephone pole was burnt black on the outside and someone had cut it short with a saw perhaps using it as fuel. Its cross section caught the morning sun and the pale yellow interior rings sparkled. When I passed the facade of The Prefectural Office, only the outer walls remained. The inside of the walls were coal black. In the ruins I was able to find a good shortcut through to "Ougino-Shiba". However, if I took this shortcut and got glass or a nail in my foot, I would not able to run if the bombing began, so I decided to made a big detour along a railroad to the south to be safe. The pine grove on the left of the railroad by the Higher Normal School remained unburned. While I was walking comfortably in the gentle breeze, people in front of the Butoku-den Gym

122

began to make sudden movements. It caught my attention and quite quickly they began to run about in mass confusion. 'An air raid!' a woman in front of me shouted, and ran out, holding a child under her arm.

Using quick judgement I untied the cord of the mask with trembling fingertips and put it over my head while I dashed off at full speed. I nearly fell over when I jumped into a shelter I happened to find. I bumped into a man from behind and gave him quite a fright.

'What are you, crazy?' the man turned around to yell at me. The next moment, however, another man collided with both of us, so his complaint was cut short.

'You can see American bombers flying in formation,' the last man who entered into the shelter said as he looked up at the sky from its entrance.

I did the same. More than ten Lockheed P38 bombers could be seen flying north. The Lockheed trademark was two trunks formed in a cross hatch shape. I was strangely composed. When I previously encountered Grumman fighters, I had been unable to move at all. It was as if I had been chained down with horror. It was a marvel how swiftly I was able to move this time.

'The engine noise didn't travel, did it?' someone said.

'These days there's no warning. It has become unreliable. So we have to depend on our own eyes and ears,' another in the shelter replied.

'Let's get out of here! Come on!'

I followed the men out of the shelter. The self-confidence I had in the shelter had now left me.

'Damn it! Damn it!' I muttered to myself with every step I took. I walked quickly with my shoulders back asserting the confidence I didn't have.

After a while, I finally arrived at the clinic, explaining my Grandmother's symptoms to the nurse, according to what my mother had said. I was able to collect the medicine.

'The powdered medicine should be taken after meals, and the liquid one between meals. Understand?' the Nurse enquired.

I paid the bill and went outside, where I pulled down my mask behind my head and put the powdered medication into the pocket of my trousers. I kept the liquid medicine in my hand, wrapped in a handkerchief. Now that I was done, I thought only of going back to the barn as quickly as possible, which naturally made my pace quicker.

I took the shortcut through "Ougino-shiba" and I tried my best to walk carefully through there, so as not to injure my feet. I was all eyes. I reached the main street in front of The Prefectural Office, but this time I decided to go a different way, which was to go in the direction that was all rubbish and ruined buildings. I felt that there could be another air raid, and, in such a case, it would be more convenient to hide myself in the ruins. I walked around the office to the back and came to the front of my school. When I looked up, there remained only the concrete gateposts. The stone pavement in front of it was a pile of tile and plaster debris. I decided to look around the ruins of our burnt out school building. But after I began heading toward the ruins, I sensed the approach of planes and left in a fluster. When I got to the front of the Municipal Commercial High School, I caught sight of ten enemy planes coming from the south. It was the same Lockheed P38 formation again.

I quickly looked around my surroundings and luckily found the gutter in the high school under a one meter burnt tin sheet. I protected the medicine bottle from being broken as I dove into this hiding place. Putting the bottle on the floor, I looked up at the shadow of flying planes from the wavy tin opening.

'I mustn't move or they'll see me! If they don't go lower than ten thirty I'll be safe,' I told myself.

Holding my breath, I gazed up as the shadows passed. But I forgot to wear my air raid mask which was still behind my neck. After the planes themselves had passed by, one huge shadow of a plane passed over me and made me break into a cold sweat.

I didn't move and after a while felt as if I had been in the same posture for an hour. It left me with a stiff neck.

Mother hugged me the minute I got to the barn.

'Oh, I was so worried about you! I went to the police box to look for you many times.'

As for the medicine, Mother delivered it to Ono-machi herself that evening after the air raid had passed.

Sooner than you would have thought, the newspaper began to be delivered to the barn, and we began to know more of how the world was and where it was headed.

'They say the bomb that hit Hiroshima was special,' Kihei Kawada said to Father.

'Yeah. Seems it was. I heard they suspended it from a parachute and detonated it in mid air,' father replied.

After several days, the extent of the damage of Hiroshima became clear.

We read that in one moment a strong and violent lightening with a terrible explosive sound was heard and seen. Every last building had been destroyed. It was said that even in places several kilometers from the very center, exposed skin festered from burns, people lost their hair, and no trees and plants would grow for the next fifty years. We heard the same type of bomb was used in Nagasaki, too.

At last August 15 arrived. Adults gathered at the police box from far and wide as they had been notified that an important broadcast would be made. The volume of the radio was so low and the transmission had so much static they were not able to catch the details. Details or not, we understood the war was over.

That evening, I visited our ancestor's grave at Enman-ji temple with my mother and sister. It was located in the section of blacked earth near Kitanoshinchi Stop. Few people were on the street, but we finally saw a small group of men near Kouen-mae Stop.

They were talking.

'Ha, it's silly! Nonsense! We all were deceived. We were told absolutely that we would win the war.'

'My energy has escaped from my whole body, so now I can't imagine what I can do,' I overheard them saying.

'O.K., so we're defeated. But if we had been defeated earlier, it would have been better!'

'I agree. Then, we wouldn't have lost our houses to fire.'

Mother and Sister were whispering.

There used to be a road between the railroad at Kitano-shinchi and the temple, but it had disappeared beneath the

127

rubble of plaster and tile. We walked forward, stamping on them and crushing them. In the graveyard, we noticed several other families were visiting their ancestors' graves despite the road being out. A man who was in uniform called out to us at the entrance.

'How nice of you to come to pay your respects to your ancestor's grave on such an awfully hot day!'

Looking carefully, we knew it was the temple master who was hanging a rosary round his hand and holding a small gong and wooden gong hammer.

'Excuse us. Since you are in those clothes, we thought you were just one of the worshippers,' Mother bowed in a fluster.

'Never mind, please. Everything including my Buddhist priest's stole was lost in the fire. Firebombs were dropped on graves, and so many gravestones got cracked and fell down. You are lucky yours are still intact although its shifted to the left a little.'

We scooped water from the well and sprinkled it over the gravestone. Even though our style of worship was so simple, the priest politely and respectfully chanted a sutra behind us, striking the gong.

'Look at this. Someone had stripped the wooden stupas and used them as fuel for cooking. What a shameful world it has become!'

The priest pointed to an empty space behind the grave-

128

stones.

We returned back from the temple. While we were out, the Kawadas' had transformed their bedroom back into the original floor of wood boards in place of the dungarees of pyrethrums that they were using.

'I'll hit and break the head of that arrogant military policeman with the fire hook when I see him next time.' Kihei Kawada said with an infuriated tone and a fierce look in his eyes. The next day, my family, too, carried boards into the barn from the lumberyard to remodel our four-tatami size bedroom. We finished our temporary room sharing at the annex of Kazizyu.

6. The Day After the Typhoon

No air raid, no school. I felt as if I had been in paradise.
Every morning Gen Kawada and I met each other and
played at the beach. There was the quay of blue stones
which was half collapsed, and a motor powered sailing vessel
that seemed to be about ten meters long moored there.

One day in the morning, Gen and I sneaked onto the vessel
by crossing the unguarded gangplank. The moment we first
stepped on board sea louses ran to the bow along the rusty
chains from our feet. Turning astern, there was a staircase
leading up to the steerage room. We went up.
'Hard starboard,' Gen said as he imitated turning the helm.
'Port the helm!' I, too, was doing the motions of turning
while I raised my voice to shout orders out.
'Where do you suppose this ship is from?' ask Gen.
'Right in the middle of the Pacific Ocean on the equator,' I
hazard a guess.
Responding to this answer, Gen began to sing a song, 'Right
on the equator, the Marshall islands.......,' and he turned
his hands right and left with a sweeping motion.
I started to look around and I found a blue copper colored
compass before me such as I had once seen in a book. I was
amazed at its complex mechanism and how it could return

130

to its original horizontal position after being shaken. Gen,
too, soon noticed it and came over to me. He also felt the
urge to shake it and watch it's reaction.

'That's enough. Let's get out of here.' I pestered Gen to
leave the vessel before we broke something because of our
mischief.

Under the vessel was a raft that was hitched to the quay,
which was made from jointed timbers of about seventy to
eighty centimeters in diameter. There were an uncountable
number of oysters stuck on the underside. But luckily Uncle
Kawada had showed us how to gather oysters, and according
to his instruction we scraped them off with a broad bladed
kitchen knife that we had found in the fire ruins. The blade
edges were made jagged by fire, but we were able to pry
most of them loose and collect them in a bamboo basket.
We occasionally failed to remove one of those stubborn
shells.

'Delicious! Try one,' Gen, saying this, chose one himself.
The shell was already crushed. When the meat came out, he
rinsed it with sea water, and then put it into his mouth.

I copied Gen and picked one. Mixed with the sea smell,
the saltiness of the water, and the slight sweetness of the
oysters, they tasted good indeed. That evening, the oysters
Gen and I collected were broiled in an eighteen liter can on

131

a grill of the cooking stove and served as a gorgeous supper which both families hadn't enjoyed for a long time. They gave off a savory aroma which added to their taste. The oysters underneath the raft disappeared in no time as the adults in the barn came out to gather them all up in one go. By the afternoon of the next day they were all gone.

The next fad which caught on was fishing. We went goby fishing by hand with no rod from the crevices on the raft. Kihei and Gen first did it. My first experience was to tear off a lugworm and bait it to a hook. I felt nauseous on my first time, but soon I got used to this method of fishing.
'Try to hold the sinker up a little bit from the bottom and keep shaking your fingers lightly. You are supposed to feel a slight tug on the line,' Uncle Kawada instructed us.
Other adults from the barn joined us, and before long the raft was crowded with people. Young striped mullets sometimes jumped out of the water in front of the raft.

A three year old girl named Chii-chan, the daughter of Mr. Takehara who lived right next to us in the barn came to the quay where the raft was moored one day and sang a song with a lisp. It was "Mr. Sailor of Seagull,"and she knew it by heart. A seagull, as depicted in the song, occasionally flew down from the air and grabbed fish in the water, and then

132

flew away.

One evening, while Gen and I were absorbed in our fishing competition, we were unable to walk back from the raft because the tide had come in.

'What shall we do? There's no loincloth here,' I was really at a loss.

'Calm down. I have a good idea. Let's swim with just our pants on back to the shore,' said Gen.

He threw down his fishing gear and took his shirt off. Holding the creel, he jumped into the sea, naked except for his pants. After that, he put the creel on his head skillfully and began to swim to the beach. I was a little nervous but followed him anyway, and we successfully swam to shore. On my arrival at the barn, my mother dashed over to me with a dry towel and rubbed me dry.

Several days later the waves on the sea appeared different than usual and a warm breeze began to blow. By early evening it began to blow harder and harder and mixed with rain. It was obviously turning into a rainstorm. In the barn, the big door that was hung on the lintel swung up and down with a bang from the wind.

'Everybody, come over here and help me push this big door shut. I can't do it alone!' Kihei called out for help in a loud voice in the dark.

'Sure, I'm coming!' Father replied to him and groped in the darkness toward the direction of the entrance. With this as a start, every man from each family gathered together. They all pushed it closed using both hands. I concentrated on listening to the wind that blew against the door. The time between the blowing of the wind seemed to be getting shorter. The door was by now making a squeaky noise every time the wind blew harder. Suddenly I heard something tear. A hole appeared in the triangular part where the roof and the eastern wall met. It was perhaps because the burnt tin sheet that had covered the hole was not strong enough to withstand a good strong wind. Heavy rain now came in relentlessly through the opening drenching pyrethrum filled bags of dungarees.

'If the wind changes its direction, the roof might be blown off and, what is worse, this building might collapse,' I could hear Father speaking in the darkness.

'Do you have any idea how to cover it, Taka?' Kihei's voice followed.

'Masahiko, come here and take over my duty to hold the door.'

'Come on every woman and push the door.'

My mother and sister suddenly came over with my air raid mask, helped me put it on, and led me over to the door. I stood in front of the door. I pushed it on Kihei's call but it never moved even an inch. I felt as if I had been pushing a rock, not wind. Father and the other few men spoke rapidly and arranged tools and methods for repair. They sprang out through the narrow space as the door was raised a bit. After a while, despite the sounds of the wind, we were able to hear a banging sound as the men drove nails into board. As the hole was finally covered, all the men came back in without incident. After midnight the wind became a little calmer and the force of the wind itself was closer to that of a slightly softened tire than an unrelenting rock.

'You know? It is blowing westerly now, it's changed from southerly direction.'

'We are very lucky that it didn't changed into an easterly wind. That could have caused us more problems.'

Kihei and Father said to each other.

The next morning was a fine day. The typhoon had passed. Dusty roads had been cleaned so that all the burnt brick and broken tile from the bombing that had been buried now appeared on it, showing all their vivid colors. Gen and I rushed to the beach energetically.

Immediately we stood stunned. The scenery before us had

135

changed completely since the night before. The raft had run over the quay half a length. In addition, a powered sailing vessel was washed ashore beyond the stone fence and lay there, listing heavily to the right.

'Waao! Like a camel, isn't it?' That was the image that came to my mind.

Gen started running toward the vessel and began singing, "The desert of the moon." I was influenced by him and did the same.

For two days this typhoon postponed the first entry of the U.S. occupation forces from Atsugi and South Kyushu

One morning in September, the word, 'Matsukawa-san, Matsukawa-san (Mr.Matsukawa),' repeatedly reached our ears from the Kawadas, who were having their usual noisy breakfast.

When Father went out to brush his teeth, he asked Mr. Kawada about it at the door. 'So what's the matter with Mr. Matsukawa?'

'Oh, yeah. We just had a talk about what on earth will happen after Mr. Matsukawa and his Americans arrive,' answered Mr. Kawada.

'I see. You mean General Mac Arthur, don't you?' Father returned to us with his toothbrush, suppressing his laughter.

We had been fishing day after day on the raft. We had gotten so many fish so easily. We sometimes hooked them by goby and sea bass.

'Masa and Gen, people are saying school begins tomorrow. You have school again!' My mother's flushed cheeks appeared at the top of the quay.

I was very shocked to hear this news although I don't know why. Unexpectedly something happened in me, in which I felt thrust down from heaven into hell.

What could I do for my textbooks that were all burned and lost? All my days had been filled with fishing since we were burned out. Of course I had an excuse that we were on summer vacation and that we had no homework. But how could I catch up on all that missed schoolwork? Thinking about it, I felt that going to school was an awfully tiresome thing.

The next morning, Gen and I together returned to school or the ruins that were once a school. Sweet potato fields, which I watered in the evening before the air raid were still there but the potatoes were all gone and only the bunches of light brown trellises remained. In addition the ridges were trampled down and human waste were scattered here and there.

'We gained nothing for all our trouble,' a familiar voice said.
I looked back and there stood Tochino.
'Exactly,' I agreed with him on impulse.
'That's why I said to you that we needn't water so enthusiastically as Kusu did. Anyway, your face and body look more swarthy than before.'
'Yeah.' It was marvelous for me to answer him so frankly unlike before. I suppose I had grown.

The principal first told us that school would resume in the temple which stood in the unburned area and had survived the bombing. He also told us that the occupation by the Allied Forces would begin at the end of September in Osaka, Kyoto and Kobe. Lastly he gave us a following warning.
'Never pass a walking soldier of the Allied Forces. Be fully aware never to do so.
'If you do, you'll be shot for insulting the Forces.'
I pictured myself being shot in the back with a pistol when I, by some accident, started running as Gen tempted me. I shuddered at my imagination. I thought that was the real meaning for a country that loses a war.

7. Rat Island (Nezumi Jima Island)

The Allied Forces planned to station their troops in the Kyoto, Osaka and Kobe regions, but because the Imperial Japanese Army had placed mines in Osaka Bay, they had to land their troops at Rat Island here in Wakayama Harbor, and then advance into each region through Route 26.

During that time, all the national and prefectural roads were closed as well as all schools and businesses. Inevitably people living in the barn and those of the vicinity went out to the main street near The Prefectural Office to see the new arrivals. It was a mixture of curiosity and sightseeing. Looking over Gen's shoulder, I was also able to see convoys of military trucks, jeeps, and amphibian vessels rumbling and passing before my eyes with earth-shaking thuds.

'Look at that truck! It has TWO sets of rear wheels. I've never seen such a type of truck before,' Uncle Kawada said.
'Did our statesman really believe we could win this war against such a mighty country as this? Huh!' Father muttered behind me.
'It's better that the soldiers on the vehicles are called the red people rather than the white. Don't you think so?' Uncle Takehara at my side said.

139

Those on board took all my attention: one was chewing gum and another was waving his hand, uttering in a strange voice.

At night, lines of light moved one after another without a break. The rough buzzing sound from the engines and the squeaky sound from the brakes could be heard throughout the night, all heading north in the dark. Other units stationed on Rat Island set up tents there. From the harbor there were several war ships berthed. Noisy music was sometimes heard from the site, mixed in with the noise of bulldozing .

Companies and schools finally resumed. We, also, began to go to school in the temple that survived the bombing. It was located at "Toori-cho". Lessons, however, were simple. We wrote down the questions a teacher dictated to us on a notebook of rough paper given us by the school, and then wrote our answers to them. In the city, American MPs drove around with jeeps, controlled traffic at crossings, and English signs were gradually erected. In the middle of September my cousin Hiroshi brought us the news that our Grandmother had taken a sudden turn for the worse.

Mother and I hurried to her parents' house, she clasping my

hand as tightly as possible and dragging me as fast as she could go.

'The last typhoon blew off the tin sheet roof so that everybody got wet to the skin and all caught colds,' Uncle Seitaro explained. This Grandmother was quite different from the one we had last met. She now had hollow cheeks and an awfully bad complexion.

'Thank you very much for last time ......' Grandmother said, slightly moving her head on the pillow.

'She was giving her thanks to you for delivering her medicine last time,' Aunt, Hiroshi's mother, said to me.

That was the last time I saw my Grandmother.

About a week later Grandmother passed away. Only a youngest aunt, Iwae, living in Mie Prefecture, was able to be present at her deathbed. She was informed of her mother's impending death by telegram. Other siblings of my mother, her younger brother in the battlefield and sister in Manchuria, couldn't be there because they had not yet been repatriated from there. Uncle Seitaro managed to procure a white wooden box of about one meter on all sides, in which he placed her body. Grandmother was dressed in a patched yukata, also known as an informal cotton kimono. Uncle loaded this makeshift coffin onto a freight wagon that had been used in his family business and pulled it to a crematory.

'If the air raid had not come, she wouldn't have needed to die so early.'

'She would have received better medical treatment.'

'She passed away at the worst time. I wished she could have lived longer!'

My Mother, Sister and Aunt Iwae all mourned and cried at her death, holding on to each others shoulders. The scene made me sad and my eyes filled up with tears, which ran down beside my nose.

For eleven days the food rations in October were wild rice, and for the rest of the month we had barley and potatoes. Having no tools for polishing grains, we ate them covered with bran. We had no choice.

'Chew well then eat,' Mother frequently advised me.

But being extremely hungry, I devoured and devoured, which resulted in diarrhea due to indigestion. After this in a lavatory of the temple school, I found myself in a bad way many times. My eyes got dark and my upper body swayed back and forth like a branch of a willow in the wind.

One dark night, Kihei of Kawada and Father went out together somewhere.

'Where did Father go?' I asked Mother.

'I have no idea. Perhaps he went somewhere to buy some provisions.'

I did not know why Mother answered with a little blush on her face. I fell asleep after that. That next day we had pieces of white sweet potato mixed into our barley porridge. We shared this with the Kawadas. We ate sweet potato porridge for a long time after. It was heartily delicious and very satisfying to my weakened stomach.

'We were able to flee because we had used a boat to get there, we would have been caught if we had gone along the shore on foot.'

'Yeah. He was a Korean, judging from his accent. There was no excuse, even if we would have been executed after being arrested.'

When I went to school, I saw Kihei of Kawada and father whispering at the entrance of the barn. It all made sense to me.

It was Mr. Kawada's routine that he and his wife and daughter all boarded his rowboat. He used it for his job and he would row out to the vessels in the port. It turned out that each time they accepted the American forces' laundry for washing by communicating with a lot of gestures, they received bread, meat, or canned food as a reward.

Mrs. Takehara, our neighbor to the right, began taking Chii-chan in a small pushcart with an 18 liter can . After crossing Tsukiji-Bashi Bridge, they would go directly to the camp of the Occupation Army to ask for alms.

'Men are useless because they were the former enemies. Young girls or children are a 100 percent sure to be given something. Shall we go, together?' Aunt Takehara tempted us.

My mother and sister hesitated for a long time to do so.

'Big brother, I'll give you this,' Chii-chan brought me a slice of bread covered with jam one evening in December. When I had recovered my composure, I immersed myself in a world of crimson strawberry jam and white bread, devouring it wholeheartedly.

That very evening, we went along to the Occupation Army camp with Aunt Takehara. It smelled of the mixture of the salt sea and mud. I was chilled to my belly through the bottom of my worn-out canvas shoes that had holes at the tips of the toes.

'The Kawadas are always shouting, "Washing, washing". But it is rumored they are making money hand over fist by means of picking up things the Army throws away in the sea and selling them on the black market.'

Aunt Takehara gossiped about them.

Mother and Sister listened with a vacant look.

On the island, there stood a large number of green Quonset barracks in rows encircled by a wire netting fence. Blue work clothes, yellow shirts, and round-toed military boots were hung on the rope stretched between the iron fences.
'Hello.'
'Ohiyo (Good Morning),' some soldiers said and took their hats and made a profound bow to us over the fence. About ten soldiers lined up in front of the dining room. They were holding aluminium tableware and had coffee poured into the cups at the entrance. All then walked inside. There was a crowd of some twenty people waiting for food at the fence outside the kitchen door. When white bread was passed over the fence, most of them stretched out their arms so as to grab it. The bread vanished instantly.
'This is the general canteen, and how to obtain food varies depending on a soldier's character. Some enjoy seeing scrambles for food, and some ask the crowd to form a line and then hand out food in an orderly manner. There are enough here today, so let's go over there to the officer's dining room,' Aunt T walked forward pushing her cart.
'When we get there, I'll introduce you to them. It's a rare opportunity to come here as its a considerable trouble,' she added.

145

Turning to the right, there was the entrance to the officer's dining room that was crowded with about ten people. We encountered a ruddy-faced stout soldier who was just coming out with a paper box under his arm.

'Franky!' Aunt Takehara spoke to him in young voice.

'Hello, mama-san!' the soldier replied with an overdone gesture.

'He once said I look like his mother,' she said to us. 'I had a good look at him.'

Fingering them one by one he took each can out of the box, pointed at one person at a time and handed the can over the fence to the one indicated. When Mrs.T's turn came, Franky returned into the room with an empty can that he received from her over the fence. He came back again, holding the same can. Everybody around peeked into it and saw quite a big chunk of meat. A chorus of sighs was heard.

'Ah, Franky. Me, friend,' Aunt Takehara began to motion him to give something also to us, pointing at herself, Chii-chan and ourselves in turn. He seemed to understand what she meant and presently disappeared in the dining room again, flickering his thumb and index finger as he left. After a while he came back with a white cloth bag of sweetened buns and an empty sugar can full of coffee.

'What's your name?' Franky indicated my sister, as he handed them to her.

146

She replied and he repeated something in English slowly and pointed to the ground.

'He says that you should come here at six o'clock tomorrow morning . You'd better say yes... yes, thank you,' Aunt Takehara urged my sister so that she faintly nodded.

'I'm sorry, but can you wait here for a while? Because I'm going to visit the Navy area a little bit.'

She pushed her cart ahead and made a turn to the left under a streetlight at the corner.

A large blue-black truck, sounded its horn noisily, and jammed on its brakes on Beach Street. It skidded while it turned left at the corner, leaving a black tread mark. Worried about Aunt T and Chii, we ran over to find out if they were all right. The cart had fallen over sideways at the corner and Chii-chan had fallen out and was crying. Aunt Takehara, beside Chii-chan, sat on the meat chunk that had rolled out on the ground from the can.

She was swinging her arms like a water mill, and shouting, 'This is MINE. Franky gave it to me!'

'No, I found it and picked it up,' a boy with a coin-shaped bald patch grappled with her.

'Look, the MPs are coming!' somebody shouted.

'Shit! A hungry ghost of a hag, you are covered in blood. Only you lined your pockets!' The boy spat at her a few times and escaped heading for the bridge.

147

Nevertheless, Aunt Takehara spoke to us in an unexpectedly cheerful voice,

'Occasionally such incidents will happen. Come on! Let's go. We have to get up early tomorrow morning, too.'

Then she put the chunk of meat back in the can and picked Chii-chan up in her arms.

8. The New Soil

Time passed, and it was almost the middle of December before we could enjoy light in the evening. This was after engineers reinstated electricity to us again. An electric light, as it was, was just a naked bulb of sixty candlepower installed on the central pillar a little to the east of the center of the barn. Before the magic of electricity, we hurriedly went to our futon right after the dinner as if to escape the frightening things that appear when darkness falls. During that time we would either polish rice by using an empty bottle and a bamboo stick or talk with family about what had happened during the daytime.

After that I never returned to Rat Island again. However, my mother and sister would go to and from the Island every morning and evening, keeping that empty can given on the first day under their sleeves with a furoshiki, or a wrapping cloth, to cover it.

One night, Mother and Sister even brought two officers of the Occupation Army with them to the barn. One was called Bob, who was slender and looking like a Nisei, with brown eyes. Another was called Robert, who was a big man with pale blue eyes like a cat and blond hair.

149

'Sit down, please,' my Sister motioned them to have them a seat by offering them floor cushions. But the area was only about ninety centimeters wide and Bob filled it up completely. At that moment Mr. Imai, our neighbor on the left, kindly offered his cushion and hibachi, and said, 'Please sit down here.' Mother fetched some used charcoal from outside the barn and kindled their hibachi to boil water for tea. She served tea to the two men.

'OH, SUMI-DESUNE,' (Oh, charcoal, isn't it?') suddenly Bob said in Japanese.
I was surprised to hear Japanese language coming out of the Occupation Army.
'ATSUI-DESUNE,' (Hot day, isn't it?) he spoke Japanese, again.
'He is practicing Japanese very seriously now, saying cold day, hot day...' my sister explained.
It was interesting that his pronunciation of two Japanese words sounded the same, Sumi and Samui (charcoal and cold).
'My, brother,' she introduced me to them after Father.
'Oh, OTOKO (Man),' Bob said. I was slightly offended by being called OTOKO.
'He means "a boy",' she said to soothe me. It seemed that Robert was not able to speak Japanese at all, and he talked

150

only with Bob.

'He's probably saying he will be able to go home next spring,' sister translated for us.

While he was saying, 'Papa, mama, my boy...I..... whiskey .....dance,' he pretended to hug his parents, drink liquor, and dance. His eyes were filled with tears.

'Hey, Mister. Whiskey,' Kihei of Kawada shook a bottle of whiskey in the air.

Bob checked Kihei from pouring whiskey into a teacup, and instead, held the stopper-tightened bottle in his arms and pretended to dance alone. Meanwhile, Robert was smiling while he took out a pack of cigarettes with the red ball mark and offered one to Uncle Imai and Father.

After a while, they went back.

'Good-bye, Eiko, Papa, Mama and OTOKO.'

I got offended again at being called "OTOKO."

'Now that you are acquainted with the officers, I guess, you are able to acquire some army goods, aren't you? Those are so easy to sell on the black market for a good price so please pass some along to me,' the neighbor on the right, Uncle Takehara, spoke to us.

'Well, how about a can of cocoa?' Mother said.

'Yeah OK, cause we don't have any sugar with us,' Sister replied.

151

My mother and sister brought him a small can of cocoa from the corner of the room that looked brand-new, and they continued talking about something in a low voice.

We had little to celebrate when the first New Year after our defeat came round. After the people in the barn exchanged their greetings of the New Year with each other, they all said much the same thing: 'Everything has been burned down. We have nothing. So actually nothing gives us happiness or a wondrous feeling. No, not at all,' each gave a lonely nervous laughed. At the end of that year, we had rations of sticky rice. The authorities gave us about 0.38 liters per head. My Mother made rice cakes by pounding and kneading steamed rice in a mortar with a wooden pestle, both of which she borrowed from the next neighbour on the left, Mr. Imai. Although it gave off a pleasant smell and tasted of rice cakes, I thought they were too watery, not sticky enough, and were closer to dumplings than to rice cakes.

Going alone, my Father went to visit our ancestor's grave in Enman-ji temple after our muted New Year's Day celebration. Late in the day we had Zouni, which is a special New Year's Day meal of rice cakes boiled in vegetables. 'People are saying a black market has opened in the East

Wakayama area so I stopped over there on my way back home. I saw there's everything we want to buy, but it's all too expensive,' my Father reported to us when he returned home in the evening.

Little by little in his occasional spare time since the war ended, my father had started to clear the land where our house had stood. So the next day, I helped my Father to continue clearing the land of fire damage. Barracks whose structure was just charred posts and burnt tin sheets gradually were being built around there. But it was only at our site that burnt tiles and plaster had been removed so that the original ground had been reached. Our fence was being constructed around the site with the materials he removed. Reddish-black marks left by the fire were seen in places on our ground.
'If someone builds a house on such soft burnt soil, it will collapse in an earthquake,' my father frequently told me.

The third school term began. I was attending school in summer clothes, a short-sleeved shirt and knee-length pants. This was because we had only received summer clothes back that we had in storage that last autumn. All our winter clothes had been destroyed in the bombing. We had stored away all unnecessary items at that time. Of

153

course, I had no socks, so reddish purple spots appeared on my legs. I worried that they might be with me for the rest of my life.

It was about a month after this that one night I was roused out of bed by a tone of voice that was quite different from a Japanese person's, which said, 'Get up, get up! don't move, or we'll shoot you!'

As I woke up, I was dazzled by a light that was thrust into my eyes. In the darkness I could make out a muzzle-like thing pointing at me. I reflexively moved my body to Mother, and directly felt her shiver. Here and there in the barn, I heard several voices talking in English.

'Don't move, there,' a man who looked like an interpreter said.

These were soldiers from the Occupation Army, and they had entered our wooden-floored room still with their shoes on. While the one pointing the muzzle at us stood firm, another began searching around using his flashlight: in the tableware box, the rice chest, the clothes chest and the cloth bag. The searcher found the empty can of sugar we received on the first day, but he threw it down, and said, 'No,' shaking his head.

Mother gave a big sigh of relief. The moment one of the Army turned on the switch of the light on the central pillar, instantly the inside of the barn became bright. After my eyes adapted to the brightness, I took a look around. There were a couple of pairs of MPs, who wore helmets and held pistols. They were also examining the belongings of each family.

'Hey, you! Come here!'

'Follow me after you put on your clothes,' an MP with a pistol beckoned my Father and another MP, an interpreter seemingly, ordered him to do so in our language.

'My, washing!' Mrs. Kawada and her daughter clung to the arms of an MP and tried to explain their situation by imitating the action of washing with both hands. But the MP, holding three loaves of bread under his arm ignored them and ordered Kihei to collect everything that had been scattered on the floor: cans, oranges, soaps, and ham, to put them back in their original paper boxes and to give them back to the MPs.

Consequently, My Father was taken away with Mr. Kihei Kawada, Uncle Takehara and Imai in the MP's jeep.

'Are they safe? Are they all right?' My Mother anxiously said at the entrance of the barn.

'I'm afraid they might be taken to some open field and be shot,' Aunt Imai said tactlessly, trembling.

'We've just laundered and gotten paid for it with these goods.

We could explain it perfectly before the proper authorities,' young Miss Kawada was complaining in a slightly excited voice.

'Some things were requisitioned from us, too. But you will be all right as nothing was found on you. Just a kind of association with us!' Aunt Takehara said to my Mother.

'As we gave that can of cocoa to your husband, we really had a narrow escape,' my Mother thanked Aunt Takehara in a small voice, grasping together both her hands and bowing many times.

When I returned home from school next day, my Father had returned home already, as well as Mr. Imai and Mr. Takehara. Mr. Kawada, however, was detained one more night.

'Why does only my father have to be detained tonight, despite the fact that everyone else is doing the same thing?' Miss Kawada said at dinnertime.

Then suddenly she started crying loudly, while clinging to her mother's breast.

'What on earth has our country done for us since we got bombed and burned out that day? It just gave us a bag of biscuits and some rice balls. That's about it! Isn't it?' Mrs. Kawada said looking down and not specifying who she was talking to.

She was also weeping like her daughter. Immediately the inside of the barn became as silent as a grave, and then an awkward atmosphere filled it. Later on, we heard that Mr. Kawada was forced to pay a big fine.

March came, and a new currency was begun. We had to stick a certificate stamp on an old Yen bill. In addition, all banking transactions were blocked. Each household was allowed to withdraw at most three hundred yen to the head and one hundred yen to each member.

'Masahiko, won't you help me tomorrow? I'm going to our land and dig holes and then lay pillars,' said my father on the Saturday night before the week of the Spring Equinox. Working so quickly we would soon be able to leave the barn and live in our new house, I couldn't get to sleep for joy.

The next day, I went there along with my father.
'I made arrangements to buy wood to build our new house through a district lumber company, during the time of the old yen. It has been honored and the wood will be provided in the near future. Here is the place to erect the central pillar. So dig a deep and big hole!' Father said, pointing to the place marked with a cross in a circle near the center of our site. He swung a Chinese hoe, and I scraped away

soil with a shovel then scattered it around. Although the color of the ground had changed into a reddish-black by the firebomb, little by little both father and I dug out the new soil hiding under the old.

The End

After word

This story is from my experience during the war of air raids when I was 10 years old in the 5th grade at the elementary school in Wakayama City.

I started to write down about my own and my family's memories of our life in that time when I was 17 years old. I also researched some articles before and after our war damage at the library.

When I was 26 I started to write this story to document about 2 years of our life during World War II, but I failed to complete it. It lay as an unfinished story in the closet like paper trash for over 30 years.

When I retired from the electric company I read it again. I cried for my parents' chagrin, indignant hardship and the struggle of their life. In order to publish this book I studied at NHK School. I took a course in writing one's personal autobiography and later had my story corrected on orthography, etc.

What is the meaning of losing a war?

The day when people's houses are burned out, they lose their dignity and become like rats that seek only food to survive. There were so many places like that at that time in all of Japan.

Seventy years after World War II, there has been a lot of development in sciences but we still can't find a way to abolish war, which is the most foolish action for human beings. There are still a lot of families that have the same sad story we had. To prevent this I am publishing this book in Japanese and English that is a common language all over the world.

I'd like to share my appreciation with Mrs.Kinue Nakamaru who painted illustrations and Ms. Kikuko Henmi who helped with the translation, Mr. Takeshi Morimoto, Mr. Jeffrey Bowyer, and Ms. Louise Salisbury at Howdy Language School who edited the translation. My thanks to my publisher, Mr. Tetsumi Takebayashi, Mr. Mitsuo Yoshida for their cooperation and support. Finally, my appreciation goes to my wife and family who have been supportive for a long time.

I welcome hearing from my readers about this book.

June 2015

Masahiko Kusuyama

◎ Wakayama City Damaged by Bombing (July 9,1945)
More than 1101 Dead, 4438 Wounded, 27402 Houses Completely Destroyed.

(From: Wakayama City Museum "The Time of Wakayama's Bombing")

◎ 著者略歴

楠山雅彦（くすやま　まさひこ）

1935年　　和歌山市で生まれる
1957年　　大阪大学経済学部卒業
　　　　　同年、松下電器産業株式会社に入社
1995年　　同社を定年退職
　　　　　現在　日本平和学会会員
　　　　　NPO法人ブリッジ フォー ピース会員

About the Author

1935　　Born in Wakayama City
1957　　Graduated from Osaka University with
　　　　a degree in Economy
　　　　The Same Year Entered
　　　　Matsushita Electric Industrial Co.,Ltd.
1995　　Retired.
　　　　Presently
　　　　A member of The Peace Studies Association
　　　　of Japan（PSAJ）
　　　　A member of NPO BRIDGE FOR PEACE

10歳の空襲体験記

鼠　島

2005年8月15日　　初版第1刷発行
2005年9月21日　　初版第2刷発行
2015年8月15日　　新装第2版第1刷発行

著　者　楠山雅彦
発行所　株式会社牧歌舎
　　　　〒664-0858　兵庫県伊丹市西台1-6-13 伊丹コアビル3F
　　　　TEL.072-785-7240 FAX.072-785-7340
　　　　http://bokkasha.com　代表者：竹林哲己
発売元　株式会社星雲社
　　　　〒112-0012　東京都文京区大塚3-21-10
　　　　TEL.03-3947-1021 FAX.03-3947-1617
印刷・製本　水山産業株式会社
© Masahiko Kusuyama, 2015 Printed in Japan.
ISBN978-4-434-20958-1 C0095